大展好書　好書大展
品嘗好書　冠群可期

大展好書　好書大展
品嘗好書　冠群可期

文學叢書16

# 時光已走遠

陳長慶 著

# 蘸著金門的血淚書寫金門（代序）

## ——邂逅陳長慶和他的書

謝輝煌

我十五歲在家鄉小河邊放牛的時候，連「福建」也沒聽過，更別說「金門」了。直到「古寧頭大捷」的消息傳到設在新竹的「怒潮學校」，才知我們的十二兵團已到了金門。接著，「金門前線」的名詞出現了。「前線」就是戰場，羅卓英將軍曾說：「軍人事業在戰場。」我們的「事業」當然在「金門」！

但是，上了「戰場」，卻不見「事業」，眼前只見一片黃沙、紅土、衰草、蚵殼、和少得可憐的樹木組成的土地。春來了，有毽子般的綠苗點綴在寒風瑟瑟的大片沙土上，跟我們一樣，有點怕冷的感覺。此外，印象最深的，就是《正氣中華》和「粵華香煙」了。然而《正氣中華》上沒有金門人的文章。

民國五十八年，再上「前線」。哇！整個金門煥然一新。在張彥秀編的《金門》畫冊上，晚唐的陳淵在島上牧馬，南宋的朱熹在金城講學，不願做官的小嶝處士丘葵在海印寺石室題詩。明朝的「父子進士」、「五桂聯芳」、「八鯉渡江」、和西洪村「人丁不滿百，京官三十六」的佳話仍在流傳。俞大猷的嘯歌在海邊飛揚。魯王和鄭成功壯志未酬的悲歌感慨，在太武山迴盪。邱良功墓園的石人石獸，披一身風雨斑剝，向我們細說昔日的風華。《正氣中華》仍在軍中發行，民間改爲《金門日報》，副刊上出現了很多本地青年的作品，令人意識到金門的文風，正以承先啓後的雄姿，在復活與茁長。

兩年後，三上「前線」，因承辦「入出境」業務，行蹤被受聘政五組的金門青年作家陳長慶知道，又因他「豐干饒舌」，且帶著詩人文曉村來中央坑道，便有初次的見面。我依稀記得，他瘦瘦的、平頭、卡其布衣服、內向、後腦勺比較發達。他送了一本《寄給異鄉的女孩》給我，《金門日報》副總編輯謝白雲的〈序〉裡說：「我發掘了許多金門青年，他們都有寫作的先天稟賦……長慶便是其中的一個。」

從謝白雲對陳長慶的觀感中，我才知道他是一個天才型的作家。後來，我再從他收錄在書中的多篇評論得知，二十五歲不到，評詩、評畫、評小說、散文，篇篇老到，且敢於對藝術評論，提出「是基於『在藝術的世界只問收穫，不問作者的年齡、背景、身世、學歷』來撰寫我讀後的感受和心得。」的看法，他的細胞裡沒有藝術天分，胸懷中沒有藝術城府，絕難如此脫穎而出。

和陳長慶見面後，好幾次在謝白雲家的小樓相聚。《今日金門》的主編明秋水和他的夫人、華視記者鄧子麟、柯國強等人，都曾是謝家小樓的過客。至於他在政五組管了那些業務？那些替侍應生申請台金往返許可證的案件，是不是經過他的手移送過來的？當時都不太清楚。反正，政戰部來的案子，我們從不打回票，而且都是「馬上辦」，且不弄玄虛。或許就憑這點「硬」功夫，讓陳長慶和特約茶室方面對我謬愛有加，「三八婦女節」那天，我被接到金城總室去，當了有生以來的第一次「貴賓」。

鋼鐵的太武山，流水的官兵。不久，我奉調第一軍團，文曉村、謝白雲也相繼離金。

陳長慶創辦的《金門文藝》出爐了，但在第六期的〈詩專號〉出版後，革新一期由旅台大專青年黃克全等接辦，後來卻無聲無息。

他的《螢》，我看了一下是「愛情小說」，便不想看。因爲，從金門回台之初，幾次相親，把我相「衰」了。愛情，離我太遙遠。喜劇，看了很傷感；悲劇，看了更難過。乾脆不看。倒是婚後，我那「軍保夫人」（我是靠軍中退保的錢結婚的）帶去辦公室「傳閱」了一陣。

漸漸地，我變成了一隻離開金門的老燕，偶而會「記得去年門巷，風景依稀……。」

二十多年後，我突然見到陳長慶的《再見海南島，海南島再見》。那時，報上正在炒「軍樂園」。讀了這個以侍應生爲女主角的小說，便有話要說地寫了一篇〈沒有結局，便是結局〉的讀後，順便提了一下「軍樂園」的姑娘，絕非「匪諜」的太太或「女犯人」，以正視聽。不過，那篇讀後，只就人與人之間的「施受」心理，做了點膚淺的抒發。而對女主角的一句「到廈門看金門」，就未發揮。直到他的《秋蓮》出來了，我才在〈一水關山路迢迢〉一文裡，特加闡發。因爲，金門人「到廈門看金門」，就是個「望穿秋水」的意識。陳長慶吐糟的目的，應是希望能早日「兩門對開」，活絡金門。但政客們卻把金門當作圓鍬十字鎬來耍。這不是金門人心中的另一種「痛」麼？難道只有星星才能知道金門人的心嗎？

陳長慶眞的發飆了，從《再見海南島，海南島再見》起，到《烽火兒女情》，八年中完成了十一本書，其間還有〈走過天安門廣場〉等多首新詩。這股創作潮，應是他沈潛二十多年所累積的能量的部分釋放，其餘「待續」。

「文學是生活的表現」（李辰冬語），陳長慶的生活曲折而顚連。他出身貧苦農家，初中一年便失學。然後，受聘軍方，歷經一段時間的磨練，始進入政五組，承辦防區福利業務，接觸到一個特殊的社會層面。埋首圖書館。參加「冬令文藝營」。創辦《金門文藝》。憤而離開軍方、擺書報攤、暫時停筆。復出。一路上，更重疊著古寧頭，大二膽戰役；九三，八二三等多次大小砲戰，和長達二十年的「單打雙不打」；村莊變營區，田地作戰場；全面納入軍事管制，個個編配戰鬥位置；以及解嚴和廢除軍管後，各種新問題所帶來的衝擊等外在陰影。此外，還有島上的「三八婚姻」、避險的大遷徙和少女追夢的「留台潮」。因而使陳長慶擁有一般創作者所沒有的生活經歷和意識。由於他是從金門的血淚中一路走來，故能「用筆尖沾著血液和淚水，爲苦難的時代和悲傷的靈魂做見證。」他的作品，沒有一篇離開了金門的人和事、血與淚。

陳長慶最痛的，莫過於金門人在戒嚴與軍管時期的失去自由。他的自由思想在太武山谷讀書時就形成了，【見〈評「凌工書記」〉】。他在〈燦爛五月天〉中說：「我的思想偏向自由。」他又在《午夜吹笛人》反諷地說：「因爲我們時時刻刻都在準備反攻大陸，因而要戒嚴，需要設限，讓人民永遠痛恨沒有居住的自由。」另在《夏明珠》、《冬嬌姨》……等其他作品中，也都有正面的抨擊和側面的嘲諷。

陳長慶最大的願望，則是「要讓文藝的幼苗在這島上成長和茁壯」，【見〈江水悠悠江水長〉】。他在〈燦爛五月天〉更宣告著：「只爲了一個理想——把作品留在人間；只爲了一份堅持——爲熱愛寫作而創作！」這從他積極支持《浯江副刊》，到創辦《金門文藝》，到擺書報攤，到開書店，以及不斷地創作等事項上，除了可印證他對前述「願望」、「理想」的力行實踐外，也可看出他要用一部部的作品來證明一個沒有學歷的人，也能成爲作家的事實，並藉此事實來鼓勵別人。另外，讀與寫是一種思想、言論的自由，他相當重視。他在〈拴在欄裡的老牛〉中說：「讓死亡的文學生命重獲新生，用筆尖沾著鮮血，揭穿人世間的虛僞和假面，以及人性奸詐醜惡的面目，倘若能如人所願，失去自由又何憾！」話雖幾近牢騷，卻有白居易「文章合爲時而作，詩歌合爲事而作」的宏旨。

總之，上天有意教陳長慶在金門做個示範，給他優異的資質，也對他預設重重關卡，考驗他的耐力。依他的「業績」，上天應不會吝於一個「甲等」吧！

原載二〇〇四年七月《金門文藝》創刊號（金門縣文化局出版）

# 目錄

# 轉眼冬天到

詩人，此刻是時序寒露過後的霜降，昨夜一場風雨，窗外落葉滿地，帶來一陣沁人心脾的寒意。秋，就這麼悄悄地從雨後的暮色中失去了它的蹤影，轉眼冬天到。

從你的言談中，你對我的散文〈剃頭師〉提出了異樣的解讀和看法，認爲我是自曝其短，把十六、七歲，四十年餘前的陳年往事搬上桌來書寫。詩人，謝謝你感人肺腑的坦言和善意的批評。然而你的操心卻是多餘的。是否你擁有傲人的高學歷，在官場和文壇兩得意，自幼富裕的家境又把你孕育成一個現實社會裡的上等人，始有如此庸俗的想法。在我的思維裡，它卻是我人生旅途中一個不可多得的歷練。因此，我勇於誠實面對，面對一個處處是美麗謊言的社會，以及一張蜜糖般的嘴臉。或許，出身卑微者不一定會有高尚的品格，但他們卻勇於吐眞言、說實話，這也是身爲萬物之靈的人類最可貴的地方。倘若讓美麗的謊言掩飾人性的醜陋，那將是時代的悲劇，這一代人的不幸！詩人你焉有不知之理，怎能說我是自曝其短呢？

你在一個書香世家成長，有快樂的童年和夢想，而我生長在一個窮鄉僻壤的小農村。撿柴、摘野菜，放牧牛羊是我的童年，而什麼是我的夢想呢？或許是長大種田吧？讀書簡直是一個奢侈又遙不可及的夢。後來雖然上學讀書了，從第一冊的「來來來，來上學。去去去，去遊戲。」到第三冊的「做豆腐，眞辛苦，半夜起來磨，磨好還要煮。」以及「日曆日曆，一天撕去一頁，使我心裡著急。」讀起。我們的校舍是先前的「睿友學校」，中間是大禮堂，兩邊是教室，校長和兩位老師包下一至六年級所有的課程。一間教室分成二半用，禮堂也成了教室，同時容納兩個不同年級的學生上課。老師在一邊授課，另一邊的學生則是自習，如此地交叉輪流。一、二年級時，我們是一遍遍跟著老師唸國語課文，隔天則須一個個站在老師面前背誦，倘若背不出來，就乖乖地伸出手，嚐嚐老師賞的「竹甲魚」，其他並沒有什麼作業可言。詩人，你生長在一個不一樣的年代，又趕上九年國民義務教育的列車，有優良的師資和設備，受的是完整的學校教育，而我是在砲火煙硝下，斷斷續續讀完六年小學，課餘還必須幫助家人做些輕便的家事和農事。

春晨，在母親高聲的呼喊下醒來，揉著惺忪的睡眼，趁著春陽尚未上昇的時刻，我得趕緊帶著「狗耙仔」，拿著鐵罐子，沿著小溪畔或地勢較低的田埂，尋找蚯蚓鬆動過的土窩。「蚯蚓」我們也稱它爲「土蚓」，我用狗耙仔輕輕地挖動著褐色的泥土，憑著經驗，很快地就挖滿一罐口吐白沫且不停地蠕動的土蚓。誠然蚯蚓能挖地成洞使土壤疏鬆，有益於農作物，但卻是家禽鴨子的最愛，鴨子一旦吃了它，比吃五穀雜糧長得更快速、更肥壯。似乎笨鴨子亦有聰明的時刻，每當我回到家門前的芭樂樹下，把蚯蚓倒落在地上，成群的鴨子莫不展翅快速地奔來，隻隻狼吞虎嚥，搶成一團。有時竟然也會有幾隻老母雞走來湊熱鬧，但它們只是把蚯蚓含在嘴裡左右晃動，不能像扁嘴鴨一口把它吞下肚。在一陣追逐後，老母雞不得不吐出含在嘴裡的那條長蟲，只見鴨子長頸一伸，長長的蚯蚓已沉沒在它的嘴裡，而後咕嚕咕嚕喝了幾口水，又拉了一把屎，才緩緩地走回鴨群。詩人，這就是我記憶中，一段讓人難於忘懷的春晨，你可曾歷經過？

夏天，我們會頂著烈日，到那片青蒼翠綠的「臭青仔」田捉「金龜」，經常地被它那墨綠色的糞便沾滿一手，這或許是它唯一的防衛武器，它既不會飛走，也沒有其他的動作可反坑，任由人們輕易地捉放。不一會兒，我們已捉滿一紙盒不停地在盒內掙扎和蠕動的金龜，帶回家讓雞鴨共享。有時，我們會挑選一隻較大的金龜，把它的肛門放在地上磨擦，口中還一遍遍唸著：「金龜啐屎甕，會吃袂放。金龜啐屎甕，會吃袂放。」，果眞它竟然不再那麼輕易地拉屎，然後用線綁住它的腳，再拉住線的另一端，輕輕地旋轉，很快的，金龜就嗡嗡地在線的範圍內旋轉飛翔，這就叫「金龜蛾」。詩人，你記憶中的童年可曾有如此的景象？或許金龜在你的記憶裡是模糊不清的，勢必沒有玩過「金龜蛾」這種遊戲吧？或許，只有生長在鄉村的孩子，才能享受到這番樂趣。

經常地在夏日的午後，我們會到「水尾宮仔」旁的池塘裡，脫光衣服下水洗澡，下體露出一隻嬌小可愛又未見世面的小小鳥，但似乎也不會感到「見笑」，有時也趁機摸摸田螺。鄉下孩子整個冬季不洗澡是常有的事，脖子上、耳朵旁經常佈滿著一層污垢，彷彿是生了一層鐵鏽，我們姑且說它是「生鏽」吧！趁著炎熱的夏日，在水裡浸泡過後，再用力地搓揉，至到把那些「鏽」搓洗乾淨爲止。繼而，我們也會以「打泵澎」的方式學習游泳，而後游到岸邊，放一個臉盆在水中浮動，再俯下身，雙手不停地在水草底下摸索；不一會兒，臉盆裡已有幾十顆大小不一的田螺在滾動，當我們玩夠了上了岸，又會一顆顆把它丟回塘裡，讓平靜的水面濺起一朵朵水花。詩人，此刻我面對的是無情的人生歲月，然它卻能撩起我童時的回憶，讓我的思維快速地進入舊有時光的深邃裡。

詩人，我知道你吃過「油條」；但我敢肯定，你此生絕對沒有賣過「油炸粿」。那年秋天，母親爲我準備了一個臉盆，剪了一塊經過洗滌過的舊白布，給我十元做本錢，向村裡開小舖兼炸油條的德勝伯仔批了二十四條油條。爾時一條油條賣五角，二十四條的成本是十塊錢，全部賣完可賺二元。德勝伯仔把剛炸好的油條井然有序地爲我放在臉盆裡，我把那塊老舊的白布覆蓋在上面，沿著村裡大小角落喊著：「油炸粿，賣油炸粿耶！」，起初喊起來感到怪怪的，試過幾聲後，自己也感到悅耳多了。我也順勢把「賣」和「耶」字拉長了聲音，成了「油炸粿，賣——油炸粿———耶」。當然在自己的村落裡，誰家窮、誰家富；誰家捨得買，誰家較節儉，經過幾次後也摸得清清楚楚。走過富家門口，雖然喊得較大聲，但他們並非每天都買。有時在自己的村莊賣不完時，我也會轉到鄰村的「東珩」或「東店」碰碰運氣。

「油炸粿，賣——油炸粿耶———」。有些時，儘管我走遍村裡的大小角落，以及鄰近的村落，不停地高聲喊著：「油炸粿，賣——油炸粿耶———」，還是會有賣不完的時候。臉盆裡剩個一兩條，當然亦有三四條，涼涼軟軟的油炸粿。回到家難免會心酸酸，母親總會安慰我幾句，然後拿起一條讓人挑剩的油炸粿，用剪刀剪成一小節、一小節，放在碗裡讓我沾著「豆豉湯」當佐餐。詩人，或許你沒有嚐過「安脯糊」配「油炸粿」沾「豆豉湯」的美味吧？那時一條「油炸粿」可以讓我配上三碗「安脯糊」而不覺得飽。你生長在商業鼎盛的城鎮裡，依你富裕的家境和生活條件，想必，你們是「油炸粿」配「粥糜」或「豆奶」吧！「安脯糊」對你來說也是全然陌生的。當然，我們的記憶裡也浮現不出「粥糜」裡的「蔥頭油」和「胡椒粉」香。的確你們是幸福的一代，但也是最易迷失的一代。而我們從苦難中一路走來，雖然已成爲這個現實社會裡的邊緣人，卻還存在著一絲兒傻傻的憨勁，以及幾根不易折斷的老骨頭。詩人，你膽敢說一句：不是！

一個酷寒的冬日，父親捲著褲管從菜園裡拔回一梱蔥。蔥必須頭小管長尾端又沒有枯葉，才能在市場賣到好價錢。而父親拔回來的蔥卻恰恰相反，大頭短尾又枯黃，一旦進了市場絕對沒有行情。於是母親出了主意，何不用這些蔥再買些麵粉和海蚵，配上自家種的高麗菜來炸「炸粿」，並由我去販賣。那時恰逢學校放寒假，母親把蔥和高麗菜切得細細的，然後和在一起，再把麵粉混合著水打成了麵漿，用一支微凹如手心大的鐵勺，塗上麵漿做底，放進蔥、高麗菜和海蚵做餡，頂上塗上一層麵漿，再放進熱滾滾的油鍋裡炸，俟底部脫離了鐵勺，再用竹筷上下翻滾，略等表面微黃時再撈起，經過如此一道道的手續，便成爲一塊塊香噴噴的「炸粿」。母親把炸好的「炸粿」放在一個鋁製的容器裡，蓋上蓋子。我右手提著炸粿，左手拿著一個矮小的醬油瓶，瓶蓋用鐵釘打了一個小洞，客人如嫌太淡，隨時可在炸粿上洒點醬油。於是，我開始以賣「油炸粿」的經驗和方式到處叫喊：「燒炸粿，賣燒耶炸粿。燒炸粿，賣燒耶炸粿！」。因爲是寒假，賣炸粿的時間可以不設限，賣油炸粿則必須在早上，而且賣完後還要趕著上學。

幾乎每次我都能把帶出去的炸粿賣完，甚至一天可賣兩次，除了本地與鄰村，我也深入到駐軍陣地的外圍。有一次竟然跟著排副到一處樹林裡，只見那片隱蔽的相思林，聚著兩組北貢兵，地上鋪著一張畫著格子的紙，裡面寫著0、1、2，旁邊有一袋鈕扣，一個磁碗，一支前端微彎的竹棒子，只見一個大塊頭的老兵，從袋子裡抓了一把鈕扣，隨即用碗蓋上，口中急速地唸著：「下注，下注，快下注！」不一會兒，眾人都伸出手，把錢壓在不同的號碼上，他則掀開碗，用竹棒子每三個一組往自己身邊撥，到最後倘若鈕扣剩下二個，那麼就是壓二號者中，我也很快就意識到，他們是在賭博，也是我們俗話裡的「拔繳」。在這個克難賭場裡，我很快地就把近三十塊炸粿賣完，往後的一段日子裡，很多老北貢都成了我賣炸粿的最大主顧，有時他們贏了錢，竟然會買我的炸粿請我吃。詩人，我的賣炸粿生涯隨著開學而暫時的結束，但早上卻依然賣著油炸粿，所賺的錢雖然不能讓貧窮的家境一夕間變成富裕，但多少能貼補點家用，這也是我小小的年紀，唯一能幫助家庭做的一點事，更是我童年生活中一段最快樂的回憶。詩人，這是否也叫自曝其短呢？迄今我依然慶幸有一個這麼多采多姿的童年，依然懷念在我失學後從事的每一項工作，我非但不引以爲忤，它更是我往後從事文學創作，不可或缺的原動力；也惟有從眞實的生活中，才能豐盈我們心靈的內涵，啓發我們的心智，好讓我們更深一層去體會：生命的眞諦、生存的意義！倘若活在一個虛幻的夢境裡，不重實際，一切只看事物的表徵，夢想一個美麗的新世界，果眞要如此，方能稱它爲完美的人生？我是百分之百感到疑惑。

詩人，眞理雖是愈辯愈明，但人們卻喜歡模糊它的焦點，我們把時間耗在這些無謂的辯論上，似乎沒有什麼特殊的意義。童年歲月已從我的指隙間溜走，留下一張滿佈滄桑的臉，一副即將被腐蝕的身軀，何不趁著黃昏來到落日尚未西沉的時刻，繼續尚未完成的篇章。而你在詩集《幸福》出版後，即未曾見到你的詩心在躍動，果眞你的詩魂已被那位小婦人所佔有，再也鋪陳不出那些華麗的詞藻？曾經你說過：你的腦中經常有她的身影在蠕動、在游移，是否你的詩魂也被她的心所束縛，竟連一行簡單的俳句也書寫不出來！徒留夢幻般的幸福又有何用？倘若繼續沉迷於虛擬的情愛上，你頂上的桂冠勢必要被摘下，任誰也沒有能力重新爲你來打造，這是一個極其現實的問題。想當初我們同在這一片荒蕪的草原上耕耘，你大言不慚地說：「寫詩的人最懂得愛女人」。正因爲你有豐富的感情和歷練，寫出了許多感人肺腑的詩篇；而此時，你竟然不計毀譽，夢想牽住一雙足可讓你身敗名裂、走向死亡之路的白皙小手，這對你來說何嘗不是一種反諷，我們應該把它更改爲：「寫詩的人最懂得亂愛人」。君不覺得，世上只有詩人最浪漫。

今晨我打從黃海路走過，冷冽的寒風刺骨，咻咻的風聲在耳旁繚繞，這或許是入冬以來的第一波寒流，身在南國的你，心中是否也會感染到這份寒意？在秋去冬來時序快速轉換的季節裡，我們是否該回歸到舊有的時光，掙脫一切無謂的束縛，喚醒沈睡中的詩心和詩魂，讓它們再次互動和生輝，並以嶄新的面貌和風格，向詩壇的最高峰邁進。倘若你依然停滯在「幸福」的深淵裡而不能自拔，明年的春花將不會因你而綻放，我們辛勤耕耘的那片草原必將失去它的光彩，甚至枯萎而死亡。詩人，不可否認地，人有時會失衡於一念之間，當你悟得眞理再回頭，或許已是遍體鱗傷，何不趁著理性尚未泯滅的時刻，從黑暗的地窟裡勇敢地爬起來，讓燦爛的陽光曬乾你即將沉淪的翅膀，向詩的最高意境漫溯。

若純以詩的論點和賞析的角度來說，《幸福》乙書並不能做爲你此時的代表著。只不過是詩的意象裡多了一份飄渺晦澀又不實際的感情而已，如果能把這些撇開，以你貫用的語言，融入誠摯的情感來表達，更能顯現出不同的內涵和意境，讓詩質向上提昇，免於流入空洞，這才是一位現時代詩人所欲追求的。雖然我不是詩評家亦非詩人，然我長久在這塊園地裡探索，以及經過方家的調教，總有欣賞的能力吧？相信你只有認同，不會懷疑。

詩人，蕭瑟的秋日已走遠，金色的秋陽早已隱遁在冷淩的冬季裡，燦爛的陽光不會在此時露臉。當一顆鮮紅的心逐漸地被吞噬之後，忠言是否能喚醒沈睡中的靈魂，抑或是讓它繼續地沉淪？滿腹經綸、飽學之士的你，想必自有定奪，方能從萬丈深淵一躍而起，用一對超人的慧眼，選擇自己該走的路……。

詩人，時間永遠是計算的重複者，轉眼冬天到，轉眼冬天到。

二〇〇二年十一月作品

# 寧園冬暖

朋友們，今天很榮幸來到環境幽美、景緻怡人、文風鼎盛的寧中小，參加「書香滿寧園」的讀書會。受邀同來的黃振良老師，他有完整的學經歷，亦是文壇老將，曾經以曉暉的筆名在國內的報刊雜誌，發表過許多作品。我們也共同創辦了地區第一份經過新聞局核發登記證的《金門文藝》雜誌，除了自身的興趣，也懷抱著對文學的一份堅持和熱衷。雖然近幾年來黃老師由文學創作轉爲文史書寫，但他並沒有放棄文學，依然完成了一本旅遊散文書《掬一把黃河土》。黃老師無論說寫均屬浯鄉翹楚，因此，今天的主題——「讀書與升學」，就由黃老師來擔綱。而我呢？或許是貴校第一次，也是破天荒地，請來一位沒有受過正式學校教育的老年人，來和諸位談讀書吧。雖然我也曾經出版過幾本散文和小說，然而「寫」和「說」是兩回事。能寫者，不一定能說；能說者，不一定能寫，可說是兩個不同的極端。我的學識本膚淺，口齒也遲鈍，既寫不好、也說不好。當我進入寧園的那一刻，我就不停地在思索，倘若我受限於「學識」與「口齒」，而說不出一個所以然來，面邀我前來的陳炳容老師，想不被刮鬍子也難，這是我深以爲憂的。

首先必須做一點聲明：我生長在一個與諸位截然不同的年代。無情的戰火剝奪了許多島民該享的權利，我是在砲火煙硝下斷斷續續讀完六年小學。爾時非但沒有優良的師資，注音符號也尚未普及，在如此的體制下受教，說起國語不僅是五音不全，更是荒腔走板；當然最主要的因素是往後的時光，沒有重新來面對它和學習它，致使我言下的國語，尚不及一年級同學的標準。惟恐讓諸位見笑，同時也顧及到一位老年人的自尊，因此，今天我決定以閩南語金門話來和諸位聊聊，相信同在這塊島嶼生長的朋友們都能夠聽懂和接受。但許多言辭用閩南語卻又難以表達，只好採取折衷的方式，發音不標準的國語，我用閩南語來和大家交談；閩南語難以表達的，我就試著用不太標準的國語來陳述。

不可否認地，今天我是懷著一顆學習的心，來和諸位朋友相互切磋、相互勉勵，以及交換一些讀書心得和寫作經驗。在這些「心得」和「經驗」中，有些是從閱讀中領悟到的，有些是從友朋的言談中學習來的，現在正好可派上用場。也可說是想到哪說到哪，一時無法向諸位列舉它的出處，絕對無意把別人家的經驗，當成自己的經驗，來矇騙你們，這是我必須向你們說清楚、講明白的。仔細想想：現在想說的，似乎也與你們此時受教的科目無關，只是一些雜感。諸位都知道，讀書是一種有益於心身和啓發心靈的活動，但如果想從其中獲取寶貴的知識，則必須先培養持續不斷的讀書興趣，以及自動自發、全神貫注、百折不撓的學習精神，才能領悟到書中的精髓。然而，有些朋友除了自身必讀的課業外，根本不願涉及課外書刊的閱讀，自以爲讀完學校必修的科目，爭取到好成績，才是他們此生唯一的冀求，其他不相干的課外書籍與他們無關。他們寧願爲追逐一個偶像而到處奔馳；他們寧願三五成群地踩街漫步，打電玩或流連於網路聊天室，卻不願意把時間花在課外書刊的閱讀上。試想：一個人如果不培養出一種能開拓思域、啓迪心靈，閒暇時可寄託的精神食糧，將來必定承受不了外來的誘惑和打擊，甚至更容易染上不良的歪風和惡習。看到那迷幻般的金光在閃爍，想不跟著「搖頭」也難；看到呼嘯而過的飆車族，想不加入他們的行列更難。倘若我們能在課餘或閒暇時，培養讀書的興趣和樂趣，汲取各方面的知識，增強自己的領悟力和判斷力，如此將可避免受到外來或突如其來的影響而誤入歧途，這是一個不爭的事實，相信諸位都能理解。然而，我們該讀什麼書呢？卻也不能不加以篩選，在自己不能做判斷與抉擇時，閱讀名家的作品、求教於師長，或許是唯一可行的步驟，千萬不能受到時下一些劣質書刊的誤導，一味地追求時髦，讀一些俗稱沒有營養的書，那非但不能從其中獲得什麼，甚至還浪費我們更多的時間和精神。

或許，諸位已讀過許許多多好書，也從書中獲得無窮的知識和閱讀過後的快感，但如果不能身歷其境，卻永遠不能體會到寫作者的那份甘苦。有時看到別人的文章，寫來似乎很簡單，不合自己興趣或看不順眼的，往往還會胡亂地批評一番；一旦自己拿起筆，卻無從著手，才發覺到寫作原來是一件不容易的事，這也是造成眼高手低的最大原因之一。當然，若依常理來說，讀者有閱讀的權利，亦有批評的權利，但有時批評要有批評的風度和尺寸，才能避免淪落於不必要的紛爭中；倘若自己能寫又懂得欣賞，時時懷抱著一顆謙虛的心，多讀、多看，多寫、少批評，那是再好不過了。只是現時代的青年朋友，有如此修養的人，實在少之又少，我們只是順便談談，似乎也不必過於苛求。

剛才有位朋友問：寫作需要具備什麼條件？這是一個既嚴肅又有趣的問題。我們何曾見過天生的詩人和作家？每年受完高等教育，從文學系所畢業者也爲數不少，是否個個都能成爲作家？一本《文藝描寫辭典》，一本《小說人物刻劃基本論》是否就能成就一位作家？雖然作家不能不以文學理論做根基，但如果處處依據理論，仰賴理論，其創作的生命勢必也將終止於理論！因爲汲取過多的理論，往往會限制一位作家的自由思考和創作空間。在從事文學創作的初期，方家總會告訴我們說：寫作沒有不二法門，只要多讀、多看、多寫，便可卓然成家。言下之意似乎很簡單，但我們必須要問問自己：我們到底讀了些什麼？看了些什麼？寫了些什麼？如果以諸位現在所讀、所看、所寫，的確是與寫作有所關連。倘若有心要步向寫作的路途，方家所謂的多讀，指的當然是多閱讀名家的作品，而後多加思考。多看，則是要我們多體會、多觀察、多領悟。而多寫呢？那便是要我們多習作、多揣摩。坦白說，你們在學校已經歷經多年寫日記、記週記、作作文的磨練，一篇散文的輪廓已然產生。諸位不要忘了，數則日記，一封書信，只要投入眞摯的感情，再透過諸位手中的生花妙筆，相信都能成爲一篇好散文。如果你們能先從其中入手，不必理會字數的多寡，盡情地寫，寫出你內心想要敘述的意象，然後刪除不必要的贅語，增加尙未言盡的詞句，反覆多看它幾遍，再做最後的修飾和美化。如此不停地自我鍛鍊和揣摩，久而久之，雖然不能讓你們在一夕間成「家」，但對你們爾後的散文創作絕對有所助益。

當然，小說是例外的，它涉及的層面較廣，無論是長短篇都必須具備一個完整的故事，邏輯的結構，甚至人物的刻劃、語言的運用、心裡的描述、時空的轉換……等等，在繁複的手續下始能構成一篇小說，它與散文是兩個截然不同的體系。諸位如果有意從事小說創作並非不可，只是你們的人生閱歷尙淺，對於創作上的一些技巧尙難拿捏和掌握。約翰．皮爾遜曾經說過：「小說的藝術是一項非凡夫俗子所能勝任的工作，它除了要以一個完整的故事來吸引讀者外，還必須顧及到它的思想是什麼。」。朋友們，小說創作的難度被皮爾遜一語道破，因此，我誠摯地建議：有意寫小說的朋友，不妨先從散文著手，俟日後思想成熟了，人生歷練多了，再來嘗試小說創作的酸甜苦辣吧！這也是我從事小說創作累積的一點經驗，在這給諸位朋友做一個參考，也同時相互勉勵，並非我倚老賣老，自以爲是「老手」。當然，在我們進入這個議題的同時，我也不得不說：在廣大的文學領域裡，一切仍然要靠自己不斷地努力和學習。倘若沒有付出痛苦的代價，幸福永遠得不到；天下也沒有白吃的午餐。如果能領悟到這個眞理，或許，就不會怪罪造物者的不公：爲什麼別人能卓然成「家」而我卻不能！

繼而地，我們來談談詩吧。詩的創作技巧和表達方式，可說是各家不一。有些明朗易懂，有些晦澀朦朧。有人善於玩弄文字遊戲，任意造詞；有人喜歡放言高歌，痴人說夢話。但無論他們用什麼方式來表達，寫出來的總是詩，只因爲他們「自認爲」是詩人。尤其是讓讀者看不懂、猜不透的，更是難得一見的好詩；只因爲他們已超越了語言規範，「自認爲」提昇了詩質。當然，我此刻譬喻的是一些「自認爲」的詩人。放眼當今詩壇，名家依然無數，名詩亦有數萬首，但並不在我們此時的探討範圍。三十餘年前，我到「湖下」訪友未遇，回到蟄居的太武山谷後，我寫下了生平第一首詩〈慈湖行〉副題兼致牧羊女，發表在一九七二年十一月四日的「正氣副刊」。詩的內容是這樣的：

就那麼單單地爲了一個理由
不到慈湖心不死在我腦裡長久地激盪著
源自二杯陳年老酒
賣狗肉的老頭從不說再見
興趣許是一種偶然
我是雙鯉湖畔底陌生客

慈心　慈孝　易君左
慈堤　長城　雙鯉湖
夢娜麗莎的微笑遠不及你底美
我恥於不能雀躍高歌
慈心不是人工的雕塑
慈孝許是天然底形影
在你柔情的波濤裡

我情願是一條水草
慈湖 啊 美麗底慈湖
當你的堤畔長滿了青草
我會再來
因爲我還未見到那群可愛底羊兒
而牧羊女蟄居何處
怎不見她手持青杖的倩影婆娑

起初自己也曾懷疑它到底像不像一首詩，發表過後也沒有刻意地去理會。然而，國內知名的《葡萄園詩刊》卻於四十三期轉載了它，詩人文曉村曾經在該期「葡萄園詩話」中說：「表現最爲突出，是佳作中的佳作……。」詩人金筑也認爲：「〈慈湖行〉情深而含蓄，眞誠而不俗套，是自然的流露。詩句沒有刻意雕琢，掌握了主題的焦點。」這首詩雖然是在無意中誕生的，但經過方家的解讀和認定，在我的內心裡，顯然地它更像一首詩了。然而，我並沒有沾沾自喜，也沒有勇氣轉往詩壇求發展，甚至不久後我突然莫名其妙地輟筆，一停二十幾年，其間沒有寫過任何一篇作品。直到一九九六年七月我從北京回來，寫下我平生的第二首詩〈走過天安門廣場〉，詩人金筑說：「〈走過天安門廣場〉是作者心情赤誠的坦露，絕不是白痴與色盲，而是對歷史的憂心，有強烈擁抱故土的意願，豐富的愛國情操言於詩表。」繼而地，我嘗試以鄉土語言來寫詩，也相繼地完成了一系列的「咱的故鄉 咱的詩」它們分別是〈今年的春天哪會這呢寒〉，〈故鄉的黃昏〉，〈了尾仔囝〉，〈某政客〉，〈戒嚴前後〉，〈咱主席〉等六首。國立台灣藝術大學副教授——詩人張國治，也曾經對這幾首詩做了如此的詮釋：「他植根於對時局的感受，對家鄉政治環境的變遷，世風流俗的易變，人心不古，戰火悲傷命運的淡化等子題觀注，⋯選擇這種分行，類對句⋯、俗諺，類老者口述，叮嚀，類台語老歌，類台語詩的文類⋯鋪陳一股濃濃的鄉土情懷。」但限於鄉土語言尚無一套標準的字音字形，寫來倍感艱辛；因此，我不願再把時間耗在這些吃力不討好的嘗試上，「咱的故鄉 咱的詩」也就暫時告一段落。

朋友們，這就是我寫詩的一段過程。藉此機會和諸位談談，在廣大的詩之領域，有時想想它似乎也是一種不規則的遊戲。或許，任何一種文學，任何一種藝術，都有一套讓創作者感到沉重的理論。如果諸位有寫詩的雅興，不妨先搬開那塊阻礙我們創作的絆腳石，懷抱著一顆誠摯的心，抓住一個讓我們能夠盡情地發揮的主題，大家一起來寫吧！況且，「詩人」的頭銜並不需要經過國家考試，諾貝爾文學獎又離我們很遠很遠，只要你想寫沒有什麼不可以的。前輩詩人紀弦曾經說過：「詩是新大陸的探險，詩處女地的開拓，新內容的表現，新形式的創新，新工具之發現，新手法之發明。」朋友們，大膽地揮舞著你們的筆，勇敢地到詩之園地裡去探險、去開拓；去表現、去創新；去發現、去發明。不久的將來，你們辛勤耕耘的那片園地，必將綻放出美麗的花朵，且讓我們共同拭目以待吧！

諸位都知道，寫作經常會面臨到一個「寫不出來」的窘境，那就是所謂的「靈感」。有時我們攤開稿紙握住筆，卻不知從何處寫起，枯等了半天，依然等不到靈感的到來，只好眼睜睜地看著時間從我們的指隙間溜走，最後不得不收起稿紙放下筆，結果是什麼也沒有寫成。倘若有如此的狀況發生，我們必須先問問自己：想寫的、欲表達的意象是什麼？它是否已經在腦中醞釀成熟了？如果能先求取答案，再進入苦思，其後自然就會產生靈感。假如我們的腦中沒有任何的人、事、物，而是空白的一片，試問靈感要從何處來？因此，我敢斷定：任何一篇作品都必須要有一個明朗的主題，也就是所謂的中心思想，經過一段時間的醞釀，必能在腦裡成形，而後從苦思中得到靈感，始能如行雲流水般地振筆疾書。諸位朋友，或許你們已聽說過，我是在一部老舊的影印機上完成許多作品，尤其在我寫長篇小說《失去的春天》時，我創作的靈感並沒有被現實的工作環境所打斷。經常地寫上一段或一句，一支十元的原子筆，一份十五元的報紙，逼迫我必須中斷下一段或下一句的書寫，但我依然能在短短的幾個月內，克服所有的困難，把一部十六萬字的長篇小說呈現在讀者面前；只因爲這個故事在我腦裡已醞釀了一段很長的時間，經過短暫的苦思後，靈感即如泉水般地在我腦中湧現，讓我順利地把它寫完。如果我心中沒有這個故事，抑或是沒有經過一段時間的醞釀，再怎麼地苦思，依然不能讓靈感出現，想寫一千六百字也難，更遑論是一部十六萬言的長篇小說。

此刻，冬陽已映照在寧園的上空，把我們內心裡的那股寒意也驅離。但趁著暖流上身的時刻，我必須讓你們體會一下，〈今年的春天哪會這呢寒〉這首詩的主題非常明確，相信諸位均可一目了然。自從解嚴、戰地政務終止後，大環境的丕變，時空的快速轉換，讓鄉親有措手不及的感覺；尤其面對那些正人君子的謊言，更讓鄉親難以忍受。因此，經過一段時間的觀察和醞釀，始有這首詩的誕生，也開創了地區詩壇的先例——第一首閩南語詩。在刊出後的不久，據側面上的了解，有些學校的老師，甚至把剪報張貼在學生園地裡，讓同學們相互來朗誦，來體會時局的變遷，讓他們也能感受到，鄉親內心裡的那份辛酸、苦楚和無奈。董振良導演在台北主辦的「馬年金好玩藝文週」系列活動時，曾經在永康公園由台語吟唱大師趙天福帶領全體觀眾來吟唱，把〈今年的春天哪會這呢寒〉這首詩推上一個更高的層次，讓長久生活在都會裡的台北市民，也能感受到鄉土的金門文風，以及對金門時局變遷的心情。詩人張國治在讀過該詩後說：「作者以非常口語化的語境來鋪陳，由金門口語化的詞意轉化成漢字之後，也不失意象之美。如黑陰，咻咻，冷冷的形容詞，仍見他使用意象之準確。不過究其詩，他絕非唯美主義者，他在純粹描景及意象營造之後，仍然會拉回到現實的批判。」我在這首詩所要表達的意象，可說讓張國治一語點破。現在諸位手中都有一份影印稿，就讓我們齊聲來朗誦吧！也讓諸位體會一下，今年的春天到底有多麼地「寒」：

今年的春天哪會這呢寒
黑陰的天氣　咻咻叫的風聲
無人的車站　冷冷的街景
三二個戇兵仔　一二個過路客
阮舉一塊椅頭仔　坐佇車路墘
看看遠遠的樹影
望望黑暗的天邊
親像一隻孤單的老猴
等待著西方的日頭
今年的春天哪會這呢寒

天公伯仔無落雨
做穡人眞甘苦
無收成飫腹肚
天壽大陸仔
一斤芋賣十五
三斤蚵賣百五
明明要絕咱金門人的生路
想要骨力來打拚 嘛無撇步
今年的春天哪會這呢寒
生理人差眞儕
十萬大軍變萬五
好名好聲做頭家
比起苦力抑不如

死會硬　利息重
國稅局　毋放鬆
萬稅　萬稅　萬萬稅
萬稅　萬稅　萬萬稅
敢毋繳　送法院
關甲乎汝　塗　塗　塗

今年的春天哪會這呢寒
咱的家鄉咱的愛
凡事哪有三通急
憨台仔毋捌字
共咱當做白老鼠
阿共仔對咱無興趣
這門想要比彼門

## 037 寧園冬暖

親像戇囝仔佇眠夢
開繳場　設工廠
轉運站　娛樂場
數想大陸仔來觀光
政客喙　糊累累
白泡瀾　黏歸喙
無替鄉親想前途
攏爲家己找錢路
百姓舉狂閣訐譙
三通三通通啥
官員頭殼咚咚嗨
伊講毋通趕緊慢慢來
今年的春天哪會這呢寒

骹手生凍籽　喙唇頂下裂
雙邊耳仔紅光光　鼻水雙管流
毋知甚乜時陣會好天
毋知甚乜時陣會袂寒
只好雙骹跪落塗
問問天公祖

當你們誦完全詩，內心裡是否也會湧起一股沁入心脾的「寒」意？雖然你們在溫室裡成長，過著無憂無慮的安逸生活，但不能沒有憂患意識。或許，家鄉未來的遠景和希望，得靠你們重新來開創，這是一個極其現實的問題。倘若讓春天繼續的「寒」下去，未來我們是光明在望，還是前途茫茫？身爲現時代青年的你們，更應當深思。

朋友們，拉拉雜雜地和諸位談讀書、談寫作又吟詩，的確是有一點兒自不量力。幸好諸位都知道，我是讀完初中一年級後就失學，繼而在文學園地裡自我摸索，在學識方面原本就淺薄，如果言下有誤導諸位、或引用不當，以及欠周詳之處，務請諸位多包涵、多體諒、多指正，好讓我爾後有改正的機會。因爲，接受別人善意的批評和指正，不是恥辱，而是光榮，自身所獲得的也會更多。今天彼此因緣際會，也是我們搭起友誼之橋的開始。相互切磋、相互勉勵，亦是我來此的最終目的。此刻，涪鄉的初冬雖有一些寒意，內心卻感受到無比的溫馨，恰如是我心中的春陽。倘若時光能倒轉，我願爲你們再敘述一遍，只嘆這個機會，永不再到來。

再會吧，朋友！但願來日，我不再是寧園的陌生客。

二〇〇三年元月作品

# 時光已走遠

詩人，一番春雨，幾許春風，燕子已飛回屋簷下的舊巢，門外的木棉也綻放出絢麗的花朵。在別離三十餘年後的今天，竟能再見你龍飛鳳舞、行草交錯的字跡。然而，它並非是書法之美，亦構成不了藝術，而是你坦率的表徵，眞情的流露。儘管歲月已在我們的雙鬢，抹上層層雪霜；在我們光澤的面龐，銘刻條條皺紋，但那亙古不變的友情則依稀，是否應了佛家所謂的緣分，還是誠摯的友誼未曾中斷？

或許，我們不該責怪歲月的無情，只怪那無情的光陰已走遠。當你的名字出現在我的眼簾時，儘管是濃霧深鎖浯鄉的晌午，卻能讓記憶快速地回復到初識時的時光，一波波掠過眼簾，猶如餘波盪漾的湖水。

爾時，你從多變的詩壇出發，我則在散文的國度裡摸索，兩種截然不同的書寫方式，讓我們在文學上沒有太大的交集。你的詩晦澀難懂，我的散文平庸無趣，但卻經常為自己的作品做辯護。誠然，眞理是愈辯愈明，但我們的辯論則始終沒有結果，僅在歲月自然的沉澱下，衍生出一份恆久不變的友誼，這是我們倍感珍惜的。

你問我「還沒死？」，我必須回你一句「你還在？」。在短暫的人生旅途中，「死亡」是遲早必須面對的問題，又有誰能倖免？想當年，我們曾以「活不過三十歲」來調侃對方，而今卻以加倍的歲數遊蕩在人間，你我的「烏鴉嘴」，許是我們「長壽」的主因吧！

你提起我在浯江副刊「砲火餘生錄」共用專欄發表的〈砲打美人山〉，而且迫切地想重讀一遍。我深知你並非對「砲」有了好感，而是針對「美人山」這個蘊含著詩情畫意的小地名有了興趣。然而，我筆下的美人山，卻與你想像中的美人山有一段很長的差距，它只有「砲」，並沒有「美人」。內文也只是砲戰期間的一個小片段，並非是全部。

如果你有雅興，就看下去吧！

八二三砲戰那年，我十三歲。

從懂事起，家裡的「大廳」和「櫸頭」都被駐軍佔用著。但在端午節過後不久，駐軍則大發慈悲，把佔用的房舍歸還於民，紛紛地移往美人山，住在剛完成的坑道或碉堡裡。是否有戰事將臨的預兆呢？那是軍事機密，任誰也不能加以臆測和聯想。一些較有感情的「北貢兵」，經常帶著吃剩的饅頭，下山來探望老房東，順便看看那些足可當他們子女的孩子們。有時也穿著黃埔內褲打赤膊，順便在村郊的水井旁洗澡。這幅景象在夏季裡，幾乎是天天可見，他們也習以爲常，不以爲「見笑」。倒是路過的村婦，往往都是壓低了箬笠，不敢抬頭看他們一眼。少數頑皮的兵仔，有時還會吹聲口哨。倘若遇上較潑辣的村婦，少不了要來上一句：「夭壽兵仔，緊去死！」

我們的耕地幾乎都在美人山下，因此那些北貢兵無論上下山都必須從我們的田埂上經過，再抄著那條蜿蜒崎嶇的山路走。那天下午天氣炎熱，下山洗澡的北貢兵很多，較熟悉的是「麻臉排副」、「矮仔文書」、「高個子班長」……，每人都帶著一個臉盆和盥洗用具以及替換的內衣褲，有說有笑地經過我們的田埂。矮仔文書還遞了一根「七七」牌的香煙請父親吸。而就在他們路過的不久，遠處響起了一連串「咻，轟隆！咻，轟隆！」的砲聲，湛藍的天空霎時一片火紅，只見下山洗澡的那些北貢兵，有的僅穿黃埔內褲打赤膊，身上殘留著沒有沖洗掉的肥皀泡沫；有的裸裎，濕淋淋的黃埔內褲緊貼在下半身。有的左手拿著衣物，右手拿著臉盆蓋在頭頂上。他們相繼而快速地往山上奔、往山上跑。而同在這方田地耕種的村人，起初並不以爲意，甚且還停下手中的工作，舉頭仰望火紅的天空。那時，我在田埂上牧牛，隆隆的砲聲和火紅的天空讓我好奇，心想：或許是兵仔在演習吧？而就在剎那間，一聲聲「咻，轟隆！轟隆！」的砲聲則由遠而近，四處滿佈著煙硝和沙塵。

「小鬼！臥倒、臥倒，趕快臥倒！」不遠處響起矮仔文書急促的吼叫聲。

「蹲下，蹲下！快蹲下！趕快蹲下！」父親也高聲地呼喊著。

我鬆掉手中的牛繩，雙手抱著頭，濃烈的硝煙密佈在我的身旁，搞不清楚什麼叫臥倒，也弄不清爲什麼要蹲下。就在另一次「咻」聲已響，「轟」聲將到的時刻，我突然被一隻有力的手推倒。耳旁響起「小鬼，快臥倒！」的尖聲，我被推落在田埂下，接著而來的是老牛慘叫的哀號聲。同時我的身上也被一個溫溫、軟軟、重重的物體緊壓著。想不到跟隨父親從事農耕工作十餘年的「老牛港」已活活的被打死；屍體散落在四面八方，留下一個死不瞑目的牛頭在田埂上。而推倒我的那隻大手則是痲臉排副。壓在我身上的是一塊血淋淋的牛屍，血水和泥沙沾滿著我的手臉和衣服，腥味和煙硝味由我的鼻孔直入心脾。在驚慌失措下，只感到那強烈震耳的砲聲會「驚死人」！

「小鬼，你命大！」排副一把把我拉起，父親也適時趕來，他倆合力地把我連拉帶拖地往附近的壕溝裡跑，而那條小小的壕溝豈能做爲防身保命地。不久又是一聲聲「咻，轟隆！咻，轟隆！」的砲聲響起，它鐵定是落在築有「工事」裝有「大砲」的美人山腰。只見山頭是火海一片，小小的心靈同時也興起了一個疑問：爲什麼共軍砲打美人山，而美人山不打砲還擊？

「順著這條溝走，前面有一個碉堡，先避一避。」排副在大陸雖然身經百戰，但此刻卻依然驚魂未定，結結巴巴地傳授我們寶貴的經驗。「聽到轟隆聲，就是砲彈落地的時候，要趕快臥倒。雙手握拳撐在胸口的兩邊，不能讓胸部貼近地面，以防內臟受到震傷。」

排副說完後，彎著腰，順著壕溝快速地往山上跑。我與父親則雙腳蹲著，時而低頭伏地爬行，時而弓身快速前進。在尚未抵達碉堡時，強烈的火光從美人山上反射，震耳的砲聲響自美人山麓，駐守在美人山的砲兵部隊開始還擊了，一絲無名的喜悅在心頭盪漾，我們勢必會打贏這場戰爭的。

而今歲月的巨輪已輾過四十餘年的日月光華，無情的戰爭已遠離這塊島嶼，島民享受著前所未有的清平和安逸。惟有歷經戰爭的人，方能領悟出「戰爭的無情」；惟有被戰火摧殘過的人們，方能領略到「生命的無價」。願上天賜福予這個島嶼；砲打美人山，美人山打砲，或許永遠不會再發生！

詩人，看完〈砲打美人山〉這篇短文，你的心中是否會感染到戰爭的恐懼？還是沒有歷經戰爭的你，品不出它嗆人的火藥味？

那年你來到這個小島上，已是砲戰的尾聲，太武山麓的坑道，讓你住的既安逸又舒適。雖然在春季裡有些潮濕，但那冬暖夏涼又寧靜的坑道裡，讓你創作的靈感倍加豐盈，多少詩篇源自這個不起眼的石洞，多少美麗的回憶在這個洞天福地裡衍生。

你是否還記得：坑道的西邊是「明德」，背山的是「太武山房」，石塊砌成的階梯，在翠綠的草坪襯托下，更顯得它的幽雅和清靜。站在陽台上，輕撫低矮的欄杆，翠谷怡人的景緻盡在眼簾。「明德塘」的池水隨風蕩漾，「水上餐廳」的花圃綻放著嫣紅的玫瑰。經過「軍事看守所」，順著「介壽台」後那條蜿蜒的小路走，我們在「擎天廳」看首輪電影或勞軍晚會。

坑道的東邊是「武揚」。經常地，在午餐的鈴聲未響時，我們會暫時放下身旁繁瑣的業務，來到「武揚塘」，坐在木麻樹下的石椅上，雙眼凝視著通往「武揚台」的道路，等待「藝工隊」漂亮的女隊員列隊來進餐。儘管她們穿著清一色的軍服，品不出撩人的曲線美，但我們總會從她們高矮肥瘦以及五官來談論。然而，在我們春情蕩漾的心靈裡，似乎個個都是美女，人人都是我們夢想中的美嬌娘。而當她們大方地和我們打招呼時，卻又靦腆地不知所措，竟連揮手的勇氣也沒有，讓我們在青春歲月裡，徒留一縷憾意。

詩人，燦爛的時光已走遠，金色的年華一去不復返，倘若此生有緣再相見，亦是黃昏暮色時。儘管不能留下一些感人的詩篇在人間，但我們又能帶走些什麼？最後必定是：來也空空，去也空空！

二〇〇三年五月作品

# 歷史的傷痕

詩人，看完〈砲打美人山〉你又想讀〈砲火下的臭人〉。這兩篇作品雖然同是「砲火餘生錄」的姊妹作，但在書寫時卻懷著不一樣的心情，父親傴僂的身影，三不五時地在我腦海裡浮現著，能夠完成這篇作品，也是一股無名的力量在支撐，這股力量正是遠在天國的父親所賜予。

我始終不明白，寫詩的你，怎麼突然間對我這二篇作品發生了興趣？難道是想回味一下戰爭的無情和恐懼？還是想用你的詩來撫平這段歷史的傷痕？無論你的動機是什麼，就任由它回歸到歷史吧！

現在我把〈砲火下的臭人〉摘錄如下，務請你一字不漏地讀完它，共同爲這段悲傷苦楚的歷史做見證——

共軍砲打金門的那年，我正好小學畢業。

大哥隨著金門中學疏遷，被分發到「省立虎尾中學」就讀，家中尚有幼小的弟妹三人，我雖然考上了初中，卻因家庭因素不能跟著學校遷台升學。世代務農的家，正好多了一個幫手。然而，自小家境貧困，三餐不是「安脯糊」就是「安薯簽」，到了十三歲，依然是一個「矮古財」和一副「排骨仙」，想要「轉大人」或許還有得等。

在那長達四十餘天的砲火烽煙裡，島民過著前所未有的緊張生活，躲在防空洞裡並不能解決現實的民生問題。人要吃飯，欄裡的畜牲要餵養，田裡的作物待播種、要收成。但那無情的砲火並沒有訂出一張時間表，說打就打，高興什麼時候打、就什麼時候打，從不爲同是炎黃子孫的島民留下一點生存的空間；可憐的島民不得不在砲火下求生存。

那天天微亮，父親把我從防空洞裡喚醒，他說再不上山挖點蕃薯，沒被共軍的大砲打死，也會活活地餓死。然而，父子倆並非提著空籮筐上山挖蕃薯，而是肩挑著兩桶水肥，把水肥潑灑在預備播種的田地後，再到就近的池塘裡洗刷一番，然後裝著挖好的蕃薯挑回家。父親雖然幫我打了半「粗桶」水肥，但兩桶加起來總有四、五十斤重，挑在瘦弱的肩胛上，確是一個沉重的負荷（或許自己的體重遠不及兩桶水肥重。）。

父親捲起褲管，打著赤腳，挑著滿滿的二桶水肥，面不改色、氣不喘地走在前頭，我則氣喘如牛地走在他的後面。眼見過了戰壕溝，再爬一個小山坡就到了耕地。可是，當我們父子的腳步還停留在坡上時，共軍的砲聲響了。「咻」聲和「轟隆，轟隆」聲相互交叉作響，硝煙和泥沙在我們的頭上飛揚。父親腳步穩健地退下壕溝，而當我轉身想跟著下坡時，腳步一滑，整個人和肩挑的水肥一起滾落坡下，惡臭的水肥濺濕我的全身，成了一個砲火下的「臭人」。父親見狀，顧不了轟隆轟隆的砲聲，快速地把我扶起，也扶起兩個空空的「粗桶」，並仔細地打量了一番，幸好「粗桶」沒有破掉。父親一把把我拉到貼近溝壁處，在密集的砲火下爲我脫掉滿佈豬糞和人糞的衣服，身上僅穿著母親用麵粉袋爲我縫製的內褲。而後伏身走到一個低窪的集水處，掬水爲我洗掉滿頭滿臉的穢物，並脫下他身穿的外衣爲我披上。然而，父親這件老舊的外衣，是兵仔丟棄的軍服，經過母親縫補和洗滌，做爲父親農耕的工作服。衣身的長度幾乎到了我的膝蓋，袖長更不在話下。如果把那件濕漉漉的內褲脫掉，或許也不會讓人看見什麼（當然我指的是那隻發育不全的「小鳥」)。諸君看過後，不能說我「袂見笑」，當時的確是如此的。

砲聲漸漸地轉了方向，父親重新挑起水肥，我卻挑了一個空空的「粗桶」。雖然肩上已沒有了負荷，但卻有一份失落感。水肥雖然只是人與畜牲共同的排泄物，但農作物則必須仰賴它的養分始能成長和茁壯；它的一點一滴可說都是「做穡人」之寶。正當父親下田潑灑時，共軍的砲聲再次響起，由遠而近地，落在附近築有工事的山坡上。強烈的爆炸聲震耳，砲彈的碎片滿天飛。然而，在這片空曠的田野，竟找不到一個可遮蔽之處。父親要我把空「粗桶」頂在頭上，蹲在田埂下，以防頭部被碎片擊中。可是，雙手的力氣畢竟有限，我索性把粗桶向後微傾地套在頭上，雙手扶著把柄，露出眼臉，面對濃煙密佈的天空。不一會兒，脖子上感到涼涼癢癢的，我用手輕拭了一下，竟然是殘存在粗桶裡滴落下來的水肥。但爲了保命，爲了不願成爲砲火下的犧牲者，那點惡臭的「屎味」算什麼。雖然木製的「粗桶」擋不住鋒利的砲彈碎片，但在心理上和「土壕」、「土洞」具有同樣的安全感。倘若不幸被擊中，無論身在土壕或土洞，依然是粉身碎骨，與頭頂粗桶並沒有什麼兩樣。

時光匆匆，八二三砲戰迄今已歷經四十餘個寒暑。多少無辜的生命被摧殘和犧牲，多少人因此而家破人亡。坦白說：我們是這場戰爭中較幸運的一群，雖然耕地和房屋被蹂躪得面目全非，家畜也死傷無數，但身軀卻沒有受到任何的傷害，才能平安地活到今天。戰爭雖然恐怖，但總有結束的時候。泯滅的人性，亦有甦醒的一天。兩岸的軍事已不再對峙，和平的鐘聲亦已響起。我也從當初懵懂的少年，搖身變成一個白髮蒼蒼的老年。倘若時間能洗刷歷史的罪名，又有誰能替我洗刷那份在砲火下被沾染的「屎味」？或許，必須回歸到歷史，揪出那位罪魁禍首，眞正的「臭人」！然而他已蓋棺，我們是否能展現出中華民族泱泱大國民的風範，一笑泯恩仇，還是牢牢地記在心坎裡……。

詩人，戰爭已遠離了這塊島嶼，居民也學到教訓和包容，過著前所未有的清平時光。在兩岸軍事不再對峙的同時，島上不僅解嚴，也廢除戰地政務，爾時的種種限制已不復存在。但在有限的商機和就業環境下，居民開始外移，戍守在島上的駐軍更大量地裁撤，昔日熱絡的街景此時已一片冷清，島民又將承受另一波災難，這是我們始料不及的，但也必須坦然來面對。

然而，在這個平凡無奇的世界裡，我們似乎找不到更妥善的名辭來形容遠走的時光、逝去的歲月。蟄居於這個小島嶼，面對蒼茫冷漠的社會，讓我們不得不感歎世俗流風的易變，人心的險惡。在黃昏暮色中遊蕩的，彷彿是我們疲憊的身軀和蒼老的心。近六十年苟且偷安的人生旅途裡，雖然沒有豐功偉業可炫耀，但我留下的卻是百餘萬言從我腦海裡衍生出來的作品，儘管被定位是「鄉土作家」和「邊陲文學」，但我並不以爲忤，反而引以爲榮。而你呢？詩人，你的詩是否已進入主流體系，還是依然停滯在它的邊緣？幸好我們都有一個不忮不求的胸懷，一切順其自然，其他的就由後人來論斷吧！

詩人，或許不久的將來我們都要歸去，去到一個虛無飄渺的極樂世界，屆時別忘了帶支筆、一疊紙，讓我們蘸著血和淚，寫出天堂的雄偉和秀麗，但也必須回憶人間燦爛美好的時光，願蒼天賜福於這塊土地和祂的子民！

二〇〇三年六月作品

# 走在繁星閃爍的木棉道

朋友，門外高大挺拔的木棉樹又換上翠綠的新裝。朝暮面對著它，目睹枝椏上的花開花落，儘管它葉綠油油、風情萬種，但久了，在我心中似乎已衍生不出那份脫俗的美感；彷彿只是季節的變遷、自然的律動。

人，的確是一種不可思議的動物。數月前我在〈轉眼冬天到〉尊稱你爲詩人，這個頭銜是多麼地尊貴和華榮，而今卻以庸俗的朋友呼之。並非我善變或對詩人你不敬，只因爲我不願讓你與同類的詩人相若，也不願讓我們恆久不變的友誼遭到分化。想當初在文中談論的只是一種虛擬的表述，以及現實與美感的對話；但冠上詩人後，總有人喜歡胡猜亂想、對號入座。誠然他們亦是如假包換的詩人，然而，在廣大的詩壇裡，他們何曾數過我的詩人朋友有多少？他們何曾見我意象鮮明的詩魂在躍動？面對不停的電話鈴聲和詢問聲，我的內心銘起一股無名的反感。從今往後，你詩人的頭銜正式從我的文中除名，留下一個既莊嚴又神聖的稱謂：它叫「朋友」。雖然少了一點詩意，但卻能顯現出我們亙古不變的友誼。

今天我們必須回歸到一個尚未結辯的問題。你說：你已很久沒有見到那位長髮披肩，讓你心儀許久的小婦人了。你富有詩意的言詞已激不起她的興趣，歌頌她的詩篇卻被譏爲膚淺，怡人的笑靨已從她的臉龐消失，細瞇的雙眼已閃爍不出一絲愛的光芒，只露出一個只有性感，沒有美感的軀體在眼簾。因此，她的影像已逐漸地讓歲月的硝酸從你的記憶裡腐蝕。爾後是否能風華再現，重新衍生出一份兩情相悅的情愫，又有誰敢預料。

或許，這是唯一能讓你逃脫出那段不正常愛戀漩渦的大好時機。雖然你再三地強調她的純情，但不可否認地，你的心裡隱藏著一份恥於告人的暗戀。從你詩中明朗的意涵，從你幽幽的言下之意，身爲多年友人的我，焉有不知情之理。除非你以謊言來矇騙朋友，除非你的詩章是磚石的堆疊；要不，何能寫出〈幸福〉這首柔情似水的詩篇，何能描繪出她婀娜多姿的身影。如果沒有眞摯的情感，如果沒有細微的觀察，任憑你的筆尖再細再銳，任憑你的詩興有多麼地高亢昂然，依然只是文字與文字的堆疊，書寫出來的，只不過是一首沒有生命的詩吧！

我們從文學的國度一路走來，歷經無數的挫折和苦難。曾攀過險峻的高山，越過深深的溝渠，一步一腳印，始能立足於這片土地。我們親身體驗到文壇的現實和冷暖、世道的冷漠和莽蒼，但我們並沒有向現實低頭，也沒有迷失方向。一瓶瓶墨水從我們筆下乾涸，一張張稿紙滿載著無窮的希望；如果沒有歷經多年的苦練，你何能立即進入到一個外人看來並不起眼的小婦人身上？從她的外觀到內心世界，從她的言行到舉手投足間，無一不是你詩中想表達的意象。是庸俗的情人眼裡出西施，還是眞有迷人處？是你的行爲有了差池，還是想尋求一份新鮮刺激又能引人注日的婚外情？抑或是想從她豐滿的身軀、端莊的姿態，飄逸的秀髮、白皙的肌膚及柳眉小嘴上獲得創作的靈感？倘若眞有如此的思維，需要異性的粉香始能激發你的詩興，面對美女始能挖掘到靈感的泉源，那麼爾時你的詩作是如何誕生的？該不是粗俗的「畫虎膦」吧！

從你無意間捕捉的影像中，我深深地發覺到，若依美的定義和賞析的標準來說，她並非如你所言是一個人見人愛的美少婦。除了一雙修長的腿、一頭烏黑的髮、一個微翹的臀較能構成美外，其他似乎距離「美」字尙遠。尤其那對眯眯眼、那副陰沈的臉、那個帶勾的鷹鼻，不知美從哪裡來？這雖然只是我個人的觀點，但我敢大言不慚地下定論：你缺乏賞美的眼光，追求的只是一個沒有美感、談不上性感的婦人。唯一能讓你心靈激盪的，或許是暗戀中的那份「自歡」和「自爽」吧？除了〈幸福〉外，你還能在有限的生命裡，爲她寫幾首詩？譜幾首曲？

坦白說，這場「美」的辯論，雖沒有聘請公正的第三者當評審，但，顯然地，你是輸家。因爲你的思想不正，行爲也出現了差池，看的只是那位小婦人的表徵。倘若我沒說錯，或許眞正吸引你的是她妖艷的妝扮、鮮麗的衣著，與其他能構成美的條件者並無關聯。試想：如果我們把一套華貴的衣服穿在一個肖查某身上，無論她的面貌有多麼地醜陋，甚至披頭散髮、言行怪異；只要有一雙長腿、一頭烏黑的髮絲、以及一個微翹的臀部，而後透過你的生花妙筆，再把它幻化成一首首動人的詩篇，這是否就能稱美呢？

倘若是你眼裡出西施，我勢必要屈服於你對美的認定和詮釋，因爲這個世界上，已沒有其他女人可供你選擇和欣賞。這場辯論就此宣告結束，誰輸誰贏已無關緊要，從今以後絕不以此爲我倆辯論的議題。然我必須提出忠告：爲保持朋友你的尊嚴，千萬別輕率地以詩歌來禮讚、來歌頌一個你暗戀中的女子，以免被譏爲膚淺。只因爲她不懂詩，又何曾能瞭解詩人您這個不具美感、更談不上性感的笨蛋！

今晚，一群孩子在木棉樹下玩「救兵」。他們分成二組，先用剪刀石頭布猜輸贏，再論先後。各佔一株粗壯的木棉樹作地盤，僅留下一位守門員，然後輸家先出兵，依序開始在廣場上追逐和包抄。喜悅和歡樂聲不斷地傳來，只見孩子們個個汗流浹背、氣喘如牛，尖銳的爭吵聲和喜悅的笑聲同時震耳，玩得不亦樂乎。朋友，此時我坐在木棉樹下的鐵椅上，親眼目睹孩子們玩「救兵」的遊戲。那一幕幕情景，與五十餘年前的我並沒有兩樣，不但玩「救兵」有時也玩「救國」；甚至輪流「做官」玩起「三公」和「十點半」。偶爾也打打百分、撿撿紅點；但最常玩的或許是三公和十點半吧！

爾時家裡的大廳住了十幾位「北貢兵」，他們沒事時就四人一組在通舖上「打百分」，一塊錢、兩塊錢地論輸贏。有時也圍了五、六人，輪流做官推「十點半」，當然也是用錢下注論輸贏。「撲克牌」我們也稱它爲「百分牌」，玩的方式很多；從「打百分」、「撿紅點」、「十點半」、「橋牌」、「三公」、「梭哈」、「接龍」到以四付撲克牌合成的「紙麻將」，小小的年紀經過那些北貢兵的薰陶和調教，以及長久的耳濡目染，竟然學會了好幾種玩法；雖然不精，但玩起來或賭起來，卻有模有樣。

賭，往往要靠運氣。除非是賭場裡的老千，否則，誰敢說賭博與運氣沒有關係？於是，我們撿來北貢兵丟棄的舊紙牌，利用放學或假日，找來幾個玩伴，用不同的方式——時而打百分、時而撿紅點，有時也推十點半和三公，當然某些時候也打起了紙麻將。那時的農家三餐能有安脯糊吃已算幸運啦，哪還有什麼零用錢之類的玩意兒可做爲賭資。但爲求愼重起見，我們下的賭注是「搔手心」，那便是贏家伸出手，手心朝上，輸家用食指在贏家的手心一劃一劃地「搔癢」，雖然談不上舒服，但卻有贏的快感。起初下的賭注只有三、五下，繼而地是百下、千下、萬下，幾乎是愈賭愈大；後來甚至以「搔腳心」做賭注。

童時，一雙「回力牌」的球鞋猶如傳家之寶；哥哥弟弟、姊姊妹妹或許都穿過。除了過年外，無論上學或玩耍，春夏和秋冬，孩子們幾乎都是打著赤腳。因此，不小心踩到「牛糞」或「狗屎」，「鴨便」或「雞屎」的機會也相當多，每每都是就地在草地上或沙堆裡磨磨搓搓，晚上洗腳也只是用水隨便沖沖，經常地腳背積了一層污垢，那就是俗稱的「生鏽」。因此，眾人都認爲腳是最髒的地方，用乾淨的手指搔別人家骯髒的腳心，內心總會衍生出一絲兒卑賤之感，是一般人所不願做的。然而，一旦輸了，就不得不從；那時可說是人小心不小，動輒輸贏好幾百萬次的「搔腳心」，如果眞要一下下搔完，不知何時何日始能搔了。雖然在賭時記得清清楚楚，到後來總是不了了之。

剛學會這些玩意時，我們的興致是很高昂的。一有空暇就聚在一起，人多了就推十點半，人少了就玩三公，湊足四人就打百分，企圖用賭來營造一個快樂的童年。然而，好景不常，我們的行爲和舉止已引起彼此家長的注意，畢竟「拔繳」是一種不當的行爲，小小的年紀不好好的唸書，卻學會拔繳，長大必定會成爲賭徒。於是大人們開始禁止，首先沒收撲克牌和罵幾聲作警告，倘若再犯，少不了用「竹甲魚」來伺候。然而，爲了害怕被打被罵，我們躲躲藏藏轉移了陣地。有時在祖厝的八仙桌下、有時到沒人居住的番仔樓、有時在防空洞或樹林裡與大人玩著捉迷藏的遊戲，任憑父母在村裡高聲地嘶喊叫罵，依然我行我素，依然減輕不了我們對拔繳的熱愛。逐漸地，我們的賭注不再是「搔手心」或「搔腳心」，而是煮熟曬乾的花生。

每年花生收成時，倘若豐收，農家幾乎都會煮上幾大鍋加以曬乾，貯存起來當佐餐。惟恐孩子們漫無節制地三二下把它吃完，父母總會分給孩子們每人一甕熟花生，要他們省著吃。然而，不知是誰出的好主意，竟然用花生做賭注，一旦輸完則必須主動退場，當然也可以向贏家借，就是不能用欠的；因爲欠多了，或欠久了，到後來總是要歸零。起初大家都很保守，打百分每次以五顆論輸贏，十點半最多只能壓五顆。可是一旦「賭火」來了，顆數也不限了。尤其推十點半最刺激，經常地從口袋裡胡亂抓一把，往自己面前一押，做官的對下注最多的一方也特別感興趣，每發一張牌，口中也跟著喊：乎汝死！乎汝死！乎汝死！但並不一定眞會死；倘若眞死了，面前的花生被「吃」了，似乎也不會感到惋惜。萬一來個「十點半」或「五小」，做官的要加倍賠償，那份贏的喜悅，比滿口袋的花生還讓人興奮。

童時雖然學會了這些玩意兒，但長大後卻沒有「學以致用」的勇氣，也不敢「教歹囝仔大細」；甚至爾時嫻熟的技巧，也逐漸地還給那些北貢兵，並隨著他們帶往天國。倘若眞有「學以致用」的膽量，此刻或許已是不折不扣的「賭徒」或「賭棍」，再深一點的道行，便是人人欲誅之的「賭鬼」，來往的必也是一些「賭友」，與詩人你也成不了朋友。然而，我們內心的眞言，往往得不到那些自恃清高的道學家們的認同。他們從小在一個安逸的環境中生長，受過完整的學校教育，進入社會又懂得逢迎拍馬，在職場上更是平步青雲。因此，他們一個個高高在上，總以爲一切榮華都是與生俱來的，對於一些從窮鄉僻壤中走出來的朋友，時而會針對他貧窮的家境、不識字的父母、工作和職業加以分釐，再用一對鄙夷的眼光來輕視他。基於此，很多人都不敢談論過去，以現有的光環來遮掩過去，甚至把過去忘得一乾二淨。只有少數人的良知尚未泯滅，依然能從記憶裡尋找爾時那份純眞。

此刻，我的腦海已回復到童時的記憶。無論「救兵」或「救國」，「跳人」或「過五關」；無論「當窟仔」或「銅噹仔」，「三公」或「十點半」，彷彿一一出現在昨夜的睡夢中。而你的童年歲月是如何度過的？你可曾玩過這些遊戲？倘若說有，你必也擁有一個快樂的童年，只是那些彌足珍貴的的童年往事，是否能在你腦裡長存，抑或是隨著時光的逝去，隨著你在文壇與日俱增的光環，消失得無影無踪。

或許，我是多慮了。從你感時懷舊的詩篇裡，依稀能見到你誠摯的情感在流露、在傾洩。對於爾時的點點滴滴都有詳實的記載，絲毫不忌諱那些鄙夷的眼神，這何嘗不是你最可貴的地方。朋友，人，不可忘本；人生每一道關卡都值得我們學習和歷練。如果沒有從前，何來現在。這世界並沒有天生的詩人和作家，一切端看個人的努力，它似乎也是我們長久以來共同的體認和領悟。倘若一味地標榜家境好、學歷高，企圖以它來凸顯自身的博學，下筆爲文卻是東抄西湊來矇騙讀者，如此之徒，又有什麼值得我們學習和景仰的地方！文壇這條路雖然崎嶇又坎坷，但我們一路走來卻始終如一，只因爲我們懷抱的是一顆赤誠之心；不與邪惡同流合污，不爲政客所利用，不追求虛名和暴利，甘願爲這方曾經被惡魔蹂躪過的島嶼，寫下永恆的篇章。

幾番風雨過後，木棉道上的落花已回歸到塵土，枝椏上又展現出一片盎然的綠意。在人生的旅途上，我們已嚐過它的酸甜和苦辣，不管歷經的是生命中的風霜或雨雪，畢竟它已隨著歲月遠去，僅僅留下甜蜜的回憶。而這些回憶，惟有一個誠實又有良知的文學創作者，始有勇氣面對它，坦誠地把它記錄在生命的扉頁裡。相對於一些旅外的「飽學之士」，以及一票自恃清高、不可一世的「亂世餘孽」，他們已忘了過去，恥於回憶。甚至連含辛茹苦、孕育他們成長的父母親，因爲只是一個不識字的做穡人，而以一對鄙夷的眼光相款待。只因他們擁有的是現時代的光環，受寵於這個現實的社會，喝了幾杯異鄉水，隨即成了異鄉人；自以爲有非凡的成就、傲人的才華，目中已沒有這片土地和人們，只有一份虛而不實的光環在暗地裡自歡自賞。而那些在亂世裡，曾經以野蠻的手段，凌辱過不少鄉親的大人們，雖然解甲後靠點關係，在一方老舊的舞台上，扮演著小丑的角色；儘管賣力地演出，但要的只不過是一齣過時的猴戲，何能逃過鄉親雪亮的眼睛。因此，鄉親給予他的噓聲總比掌聲多。倘若他能在餘生裡，針對爾時的淫威，閉門思過和懺悔，或許來生始能回復原有的人形；如果不能，則將永不超生。這是世俗的輪迴和現世的報應，它針對的，何嘗不是那些作惡多端的妖魔鬼怪。

朋友，天色已晚，夜亦深沈。在木棉道上戲耍的孩子已走在回家的路上。趁著街燈尚未熄滅，我緩緩地移動腳步，躑躅在這方冷清的木棉道上。當我舉頭仰望綠葉油油的木棉樹時，蒼穹雖有繁星閃爍，但那隨風飄動的綠葉似乎更有詩意，紋風不動的主幹猶如傲骨嶙峋的朋友你。而此時，我已年老。「救兵」、「救國」已無力氣，也不能邀集三五同好來「銅噹仔」、「當窟仔」或「打百分」、「推三公」，只能任由時光走遠、光陰虛度。唯一尚存的，只有兒時甜蜜的回憶以及那段辛酸苦澀的成長歲月……。

二〇〇三年六月作品

# 明月代問候

詩人，寫完《烽火兒女情》後，我的思維隨即跌入到一個前所未有的深淵裡。儘管朋友再三地催促和鼓勵，希望我能在他開闢的共用專欄裡寫點東西；甚至遠在異鄉的讀者也來電，建議我把六〇年代浯鄉盛行「姑換嫂」的故事書寫成章。然而，我始終以一些不實際的理由來搪塞，深恐我的腦力承受不了長久的激盪，讓無名的夢魘再次纏繞著我。因此，在這段時光裡，雖然讀了不少書，卻沒有寫下隻字片語，這也是我愧對朋友和讀者的地方。

數月前在《浯江副刊》拜讀楊昌賓先生的大作〈金門館〉，他談起在某地的火車站對面，品嚐到金門人做的「肉丸」。從他流暢而生動的文筆裡，依稀可見一個熟悉的身影在異鄉的城市裡浮動著。雖然你在異鄉已幽居了近三十個年頭，但那永不改變的鄉音，樸實的容顏，熱忱的待人，無一不是金門子弟的象徵。或許，楊先生再怎麼思、怎麼想，也想不到在車站對面買肉丸，標榜著「戰地風情金門小吃」的那位老闆，會是六〇年代活躍於浯鄉文壇的詩人你吧？雖然你離鄉已久，最後一首詩是發表在《金門文藝》第六期的〈詩專號〉，時隔二十餘年後的今天，我依然能感受到你〈美律之夜〉——聆聽藤田梓教授鋼琴演奏時內心的悸動。在詩中你寫下：

律動　律動
音符舞著神的魔杖
流瀉著銀樣的光華
雨以羅列之姿擁你
澎湃如浪　洶湧在你的前方
生命是一棵常青樹
浪花激起　是雨的變奏
飛瀉　飛瀉

許是曠野馬嘯　抑是抑岸猿啼
貝多芬　是誰燃燒你的足踝
當你的記憶甦醒
你揮臂向天空吶喊　吶喊
靈性的衝擊　強者的衝擊
憤怒　一代的憤怒
把命運寫在紙上
寫在愛麗絲的夢裡

飄逸　飄逸
靈巧的舞蛇者走入東方
走入沙漠　走入氣候
蕭邦之後　鄉音濃了
泥土　泥土　我盈握芬芳

雖然我不是詩人，但卻能從你明朗華麗的字句中，品出你在詩中流露的眞情，以及欲表達的意象。當貝多芬「命運」的樂章進入到你的詩篇時，你以「律動」來詮釋它的節奏，以「澎湃」來呈現它的音高，以「飛瀉」來分辨它的強弱。相信讀者們不但能從你優美的詩中，感受到那份扣人心弦的音樂感，又可領略到你文字中那份強烈的美感。然而，這首詩卻是你告別金門文壇之作，從此以後，你已遠離這塊島嶼，你的詩魂也深埋在浯鄉這塊貧瘠的土地裡。在異鄉除了教學外，貝多芬和蕭邦成了你的知音，遠離詩猶如遠離故鄉那麼地遙遠。

那年，我們相識於「冬令文藝營」，在寒風細雨中聆聽眾家大師的創作經驗談。爾時的懵然，並不能從他們的講解中獲得什麼寶貴的知識。我們似乎也有一個共同的看法：認爲文學是一門可以無師自通的學問，它的不二法門就是多讀、多看、多寫。在未參加該次活動前，你已在報刊雜誌發表過無數的詩和散文，我亦已完成長篇小說《螢》的初稿，雖然始終認爲它不成熟，但成熟與否的定義又是什麼？只要能書寫成章，又有誰能否定它存在的價值！三十餘年後的今天重讀它，依然能感受到當初創作時的那份純眞。況且人生在世，有不盡相同之處，亦有不一樣的時空背景。即使我們在這方貧瘠的島嶼上成長，在戒嚴軍管下討生活，但先人遺留下來的文化，則有其崇高的歷史內涵，亦有不可被抹殺的一頁，它由原鄉人自己來發聲、來書寫、來傳承，或許較能深入到它的核心。大師的創作經驗談，只能做爲我們邁向文學園地裡的借鏡，倘若一意地亦步亦趨，對本身非但沒有助益，又何能樹立自己的風格，寫出與這塊土地息息相關的作品。因此，在那段細雨輕飄、寒風刺骨的短暫時光裡，我們有著相同的感受，猶如你在〈雨季〉中寫下的：

我來時鼓卻已寂
那回聲的氣息瀰漫著
我們在雨中成長
把名字像一朵花開在水上
有初初插在鬢角上的馨香
……

……

相對於某些現代人，他們在學院裡習得一些理論，懂得一點技巧，走出校門後，滿懷著理想和抱負，想在文壇上一夕成名。然而，他們似乎忘了老師傳授的只是理論，與實務還相差著一段距離，在未曾接受社會歷練和歲月考驗時，並不能讓他們在瞬間成「家」，只能用一些朦朧晦澀，讓人看不懂的文辭來堆疊，或是以批評漫罵來凸顯自身的博學。而今，十年、二十年、三十年過去了，始終見不到他們寫出什麼曠世之作；久而久之，反而眼高手低、力不從心，當初的雄心壯志，已被無情的歲月腐蝕，不得不向現實的文壇俯首稱臣，這何嘗不是現代人自高自大、自命不凡的悲哀？

坦白說，一星期的文藝營，大師的幾堂課，並不能把我們陶冶成一個作家，只不過是讓我們親眼目睹大師的丰采，而後裝進自己的記憶裡。時隔三十餘年，大師在文壇的風華依舊，而參加文藝營的朋友們又有幾位成績斐然的？倘若說有，亦是少數在這塊園地獨自摸索的朋友，似乎沒有誰眞正受到他們的指導和影響而卓然成家。如果稱得上在文壇沾點邊，也是他們各自努力，辛勤換來的果實。相對於時下某些人，他們喜歡用大師的神主牌來炫惑，以爲認識某大師，自己也儼然成爲不可一世的大師了。實際上，這是一種錯誤的想法。一位筆耕者靠的是自己的文筆和才華，倘若寫不出作品，只想仰賴大師鋒芒的炬光來映照、來庇蔭，豈能受到讀者的尊敬和認同！況且，文壇是一塊現實的園地，一位作者能否獲得肯定，絕對是作品與人品的相輝映；空有的虛名，東抄西湊的作品，只能矇騙讀者於一時，豈能騙過永遠，這是他們疏於分析，也必須自我省思的。

詩人，想當初參加文藝營的朋友，個個都是風度翩翩的俊少年、美少女。而今，無情的歲月不僅染白了他們的雙鬢，又在他們額上銘刻著一道深深的溝痕，蒼白的肌膚與頰上黑色的老人斑相向，倒也黑白分明。這是否就是人生？這是否就是悠悠蕩蕩的人生歲月？不容我們懷疑，只有讓我們相信光陰的無情，世道的蒼茫。除了如此思、如此想，難道還能讓逝去的時光再復返，回復到十八、十九青春時？

轉眼，在人間我已攸然成「公」，在家族中的輩份又提升了一階，但距離塋前似乎也愈來愈近了。當孫子們天眞無邪的喚聲在耳旁繚繞時，內心雖有無名的喜悅，但也有些微感歎；何時已佇立在日暮途窮的小山頭而不自知，何時已面對日薄西山的黃昏而不自覺。或許，不久即將化成一粒細微的塵埃，在雲空中飛揚，而後回歸塵土、回歸自然，回到一個虛無縹緲的極樂世界。當這個日子到來時，必是無憾而終，而非抱憾西歸，只因爲在這浮浮沉沉的大千世界，我已看透人生的現實，了悟人間的蒼茫。

一九六九年仲夏，我因公到高雄處理「廢金屬品」，你卻隨著金中特師科到台灣教學觀摩旅行，當我們在金馬賓館相遇的剎那，他鄉遇故知的喜悅在我們心中久久地停留著，我一掃廢金屬品三次流標的懊惱，相約晚上到愛河畔的露天廣場喝咖啡。你穿著特師科的制服，留了西裝頭，集青春帥氣於一身，但也有幾分詩人的浪漫，當漂亮的異鄉女孩問你就讀那一所大學時，你竟脫口說：「金大」，當然，你說的是「金門大學」的簡稱。然而，女孩卻睜大眼睛，思索了久久，低聲地說：「沒聽過」。詩人，面對愛河潺潺的流水，仰望異鄉繁星閃爍的天空，我們是否眞能品出咖啡的醇香？還是僅僅感受到「愛河」這兩個字的浪漫？

喝完咖啡付了帳，我們剛走幾步，那位女孩卻神色慌張地追了過來，「金大的同學，你們給錯錢了。」我們停下腳步睜大眼，原來錯把「限金門地區通用」的五塊錢，當成色彩相近的台幣五十元來付帳。補足了錢，女孩用一對鄙夷的眼神看看我們，我們相視地笑笑，同爲這個無心之過感到莞爾。然而，誰會相信我們的無心之過呢？幸好遇上的是一個小女孩，萬一碰上兇神惡煞，愛河畔的這杯咖啡，或許將是我們永恆的遺憾，而不是它的香醇。

我們沿著愛河優雅的堤岸緩緩前行，兩旁雖有低垂的柳樹隨風搖曳，亦有五顏六色的霓虹燈閃爍，但混濁惡臭的河水，卻讓我們恥以用優美的辭藻來歌頌、來禮讚，只有把那份無名的感歎，任由它在彼此間的心裡澎湃著。然而，儘管我們鄙視它，不屑於把它記錄在生命的扉頁裡，但這都會中的紅男綠女，卻視它爲談情說愛的溫床。草坪上，樹蔭下，成雙成對的戀人，無視於其他人的存在，把混濁惡臭的河水幻化成一聲聲、一句句甜言蜜語，來妝點夜的情愫。如此的情景，他們已習於爲常，我們卻感到遺憾。

在「港都戲院」頓足停留了好一會兒，櫥窗裡張貼著歌舞團撩人的海報，我們已是成年人了，對那些煽情而從未見過的海報，當然也感到新奇。然你身穿的是「金大」的制服，爲了維護你學生的形象，我們很快就閃開，但過後卻有點後悔，倘若爾後要以此做爲創作的題材，勢必不能隨心所欲。實際上，我們是多慮了。看一場低級的歌舞表演，又能帶給我們什麼靈感，又能讓我們體驗出什麼式樣的人生歲月？或許，只會徒增我們春情的激盪吧？因此，走在異鄉的土地上，我們感到前所未有的愜意和坦然。然而，令我們臉紅心悸的事隨即到來，當我們走到一條窄巷時，綠色的燈光下站著好幾位花枝招展的美女，我們竟然走在港都有名的花街柳巷而不自知，一聲聲嬌滴滴的「少年耶，入來坐啦！」讓我們驚心驚命、落荒而逃。儘管那綠燈下有多少神女的辛酸淚，儘管能從裡面發掘出多少悲傷感人的故事，但在綠燈的映照下，我們始終少了戰地青年那份不怕死、不怕難的英雄氣魄，額上冒的不是熱汗而是冷泉，只有你轉身、我回頭，沒有勇氣向前走。

特師畢業後，你回母校任教，以理論和實務相交融，展現你多方面的才華，深獲學子們的尊敬和愛戴。在一個細雨霏霏、濃霧瀰漫的春季裡，你帶來一株小小的鳥榕，幾片殘缺的靈芝，還有半顆曬乾的「虎膦脬」，訪我於景緻優雅的太武山谷。你把鳥榕和靈芝像藝術品般地擺放在我的辦公桌上，當春陽的金光照在它光澤的葉脈時，更顯現出它如寶石般地璀璨奪目。而那半顆虎膦脬是你的親戚遠從南洋帶回來給你「呷補」的。在傳統的觀念裡，依然守著「呷鞭補鞭」的舊思維。但我們聽說的、眼見的，無論藥用、燉食或泡酒，或許都是一些「狗鞭」、「牛鞭」、「鹿鞭」、「虎鞭」之類，似乎沒有聽過「狗脬」、「牛脬」、「鹿脬」、「虎脬」亦能讓「飫鬼」的人們「呷脬補脬」。

爲了不辜負你的濃情美意，我依照你給我的藥單，配了一帖中藥，買了幾瓶酒，泡了一甕「虎脬酒」。然而，當虎脬酒泡成時，打開甕蓋，飄來的卻不是藥香和酒香，而是嗆鼻的尿騷味。因此，我又蓋緊了甕蓋，始終沒有勇氣來品嚐這甕能「補脬」的虎脬酒。直到有一天，我無意中在參謀官面前提起，這隻政戰部有名的「老豬哥」，雖然貴爲上校，有家亦有眷，又是主任的遠房表親，卻爲了貪圖一時的歡娛，顧不了梅毒會纏身、人格會淪喪，和特約茶室那位綽號叫「蓬萊米」的侍應生打得火熱，黏得緊緊的。

或許是縱慾過度而腎虧，還是上了年紀力不從心？聽說我有一甕能補脬的虎脬酒，幾乎說盡了好話，拋棄了上校的尊嚴，爲嚐試虎脬酒的威力和療效，不惜向我低頭哈腰。

雖然我對這甕虎脬酒沒有興趣，但卻不願意整甕送給這位人格有瑕疵的豬哥上校。起初我僅僅倒給他一小杯，並且告訴他說：虎脬酒雖然有尿騷味，但卻是有錢買不到的曠世珍饈，除了壯陽補腎外，更能強身。坦白說，上校走遍大江南北，歷經無數戰役，過的橋比我們走的路多，他怎麼會輕率地聽我在「畫虎膦」。然而，爲了「壯陽」，爲了想多吃一口「蓬萊米」，他還是一口喝下那杯「虎脬酒」，至於「呷脬」是否眞能「補脬」，抑或是喝後會有什麼特別的效果，似乎沒有聽他提起過。那甕虎脬酒在一次整理內務時，被傳令兵打破了，滿屋的尿騷味嚇跑了我們那位醜而有潔癖的會計小姐。

光陰總是在不經意中溜走，友情卻隨著時間而滋長。在一個深秋的午後，你神色匆匆、神情凝重地再訪我於太武山谷，衛兵把你擋在武揚坑道口的東邊，當我接獲通知出去相迎時，你緊握我的手，彷彿能從我的手中握出一絲希望。原來你對學生的關愛和照顧竟遭人誤解，被一狀告上法庭，纏身的官司讓你喪神失志、寢食難安。於是我找了「軍法組」的軍法官爲你寫答辯書，然而在那個戒嚴軍管時期，一份證據齊全、強而有力，由具有律師資格的軍法官書寫出來的答辯書，竟然比不上高官的一句話及社會人士的一點裙帶關係。它非但沒有還你清白，甚至還羅織罪名，用一隻卑鄙的手，強奪你用青春換取而來的教鞭。你無奈而悲傷地落下此生不易輕彈的淚水，對這塊曾經孕育你成長的土地感到失望，對戒嚴軍管時期的霸權感到絕望。然而，惡劣的環境與險惡的人心並沒有擊倒你，經過短時間的調適，你毅然地帶著老母和妻兒，離開這塊傷心的島嶼，遠赴異鄉重拾教鞭，展現你多方面的才華，步上生命中的另一個新境界。不久，我亦別離了孕育我成長的太武山谷，輟筆投身在社會這個大染缸裡，爲五斗米折腰。從此我倆未曾謀面，也鮮少有書信聯繫，僅僅把這份友誼深深地隱藏在彼此的記憶裡。

二〇〇二年春分，你從教職退休後首次回到這塊島嶼，我們相會於木棉盛開的新市街道，你的談吐依然幽默文雅，容貌堂堂、神采奕奕，只是頂上的髮絲略顯稀疏，額上也多了幾條深深的溝渠。而殘存在我髮上的，它不是秋霜而是冬雪，你訝異地多看了它好幾眼，是看我蒼蒼的白髮？還是感嘆人生歲月的蕩然？在相互交會的時光裡，我們沒有談詩論藝，亦未曾把話題延伸到文學，然我依稀感受到你的臉上，滿佈著一首首包容著喜怒哀樂的無言詩。它不是但丁的〈神曲〉亦非聶魯達〈愛的十四行〉，是生命中的「滄桑」和「喜悅」；是離鄉時的「悲傷」和「無奈」！我們沒有愉悅的歡笑，卻同時感染到爾時那份悽愴而悲涼的況味。

詩人，歲月的河流已湍急地流過我們生命中的海域，鮮紅的血液在每一條血管裡奔馳，但有一天勢必會乾涸、凝固。因此，你何不趁著黑夜的帷幔尚未放下，腦未昏、手未顫的時刻，用你那支銳利鋒芒的筆，為這塊貧瘠的文學園地，貢獻一份心力。難道浯鄉怡人的景緻，豐沛的人文內涵，依然喚不醒你沈睡中的詩魂？依然不能讓你的詩心蠕動？莫非你的根已移植到異鄉的土壤裡，不再懷念這方島嶼，不願與這片歷盡滄桑的土地有所牽連？雖然歲月已奪走我們的青春，但落葉總是要歸根，遠飛的候鳥亦想回到當初的窠巢，為何獨獨你要浪跡天涯，成為異鄉客？

今晚，新市里的夜空明月皎潔、星光燦爛，木棉樹下有我孤單的身影躑躅著。三十餘年的友情，猶如這風華褪盡、古老斑剝的街頭，教人不想念也難。如今，我們卻遙隔著一望無際的大海，一重重巨巖堆疊的山頭，不知何年何月，始能把思念之心化成一道美麗的長虹？不知何日何時，始能攜手同賞浯鄉燦爛的明月光？而此刻，君在異鄉的那一端，我在故鄉的這一頭，只好託請明月代問候……

二〇〇四年元月作品

# 霧鎖浯鄉

詩人，時序驚蟄過後就是春分，清明的腳步也愈來愈近了，門外的木棉已吐出了新蕊，只要經過春風的吹拂，春雨的滋潤，勢必就能綻放出一朵朵美麗嫣紅的花朵，爲這冷清的新市街頭增添一些怡然的色彩。而現時，浯鄉正瀰漫著一層白茫茫的霧氛，太武山巒的岩石和林木，已全然地被它隔絕在我們的視線裡。港灣的漁船不敢貿然地出海，機場的候機室空無一人，航警輕撫腰間的佩槍，在走道上來回躑躅，排班的計程車司機正無聊地談論著連宋和陳呂。遠處的濤聲清晰可聽，卻望不見近海的水影，無論多麼新穎的導航設備，依然不能與這惱人的濃霧相抗衡。儘管它是仙山、聖地、英雄島，但有些美夢卻難以實現。

今天，我們不談你〈幸福〉詩中的小婦人，對「美」的認定也必須另做詮釋，因爲你離她已漸行漸遠，再也品不出初識時的那份美感，甚至已否定這份美的存在。人，的確是不可思議的，往往會在一念之差，或貪圖一時的歡愉，做出許多不能彌補的憾事，幸虧你能即時覺醒，始免惹上一身腥。別忘了，聲譽是一點一滴累積而成的，需要花費多少心血、付出多少代價，方能獲得如此的一點小聲名。倘若不善加珍惜，一味地想追求非分的心靈快感，虛僞的假面一旦被拆穿了，還有何格與人談「美」，這是我們必須深思也要引以爲戒的。

從你的言談中，你對近年來的《浯江副刊》做了高度的肯定。它不僅讓長久致力於邊陲文學創作的作家有一個發表的園地，更提供版面，開闢專欄，把逐漸被淡忘的島嶼歷史、戰地史蹟、民情風俗、地方傳說又一幕幕、活生生地呈現在讀者的面前。然而，它並非在揭歷史的瘡疤，亦非走回頭路，而是讓新生代的青年朋友，更深一層去體會戰爭的恐懼和無情，回顧歷史的可貴和滄桑，瞭解家鄉的民情和俗諺，充分發揮一份地方報刊的特色。更難能可貴的是——讓潛伏許久的老作家重拾舊筆，以他們豐富的人生閱歷與創作經驗，寫出這塊土地的壯麗和悲傷，寫出島民的喜樂和哀愁。放眼國內外，多少詩人、作家、藝術家，從這塊不起眼的園地做爲起跑點，以這方島嶼做爲創作的題材、書寫的對象，但大師們在功成名就的今天，已全然忘了這塊園地！幸而，歷任主編都有只問耕耘不問收穫的共識，培養本土作家更是義不容辭的事。近幾年來，我們也喜見浯鄉寫作人才倍蓰而出，書寫的層面不僅寬廣，創作的水準也不斷地提昇，這是值得我們興奮的！

在〈砲火餘生錄〉裡，我們不僅親眼目睹八二三、六一七兩次砲戰悲傷恐懼的情景，它也是生長在這方島嶼的居民最沉痛的記憶。無論是死傷的鄉親和家畜，無論是倒塌的屋宇或被摧毀的田園，作者莫不懷抱著一顆虔誠的心、沉重的筆，把歷經過的每一個片段書寫成章，爲歷史做見證，爲我們的子子孫孫留下一個永恆的回憶。雖然，兩岸的軍事已不再對峙，人民也開始互動，小三通的船隻亦已啓航，遠嫁而來的大陸新娘不勝枚舉，和平已是指日可望，但那疼痛的歷史傷口卻難以癒合，如果以時代的悲劇來形容，似乎也並不爲過。然而，在撫慰傷痕的同時，我們不但要從歷史中學到教訓，也要學習包容，更要熱愛這片曾經被蹂躪過的土地。但願戰爭不要再發生在這方島嶼上，和平的旗幟永遠在太武山頭飄揚。或許，這才是島民共同的願望吧！

多少我們熟悉又被淡忘的陳年往事，又一一地浮現在〈金門憶往〉的專欄裡。作者們莫不懷抱著一顆眞情率直的心，寫出對這塊土地的感懷。不可否認地，凡走過的必定留下痕跡，多少往事值得我們回憶，多少往事值得我們追念，一篇篇充滿溫馨而感人肺腑的作品，無論寫情寫景或人事物，都彷彿讓我們回到舊有的時光隧道。與其深藏在自己的內心裡，何不書寫出來與讀者們共享，或許，這也是編者花費心思，開闢這個專欄的最大主因吧？從眾多作者的名字中，有曾經在這塊小島上服役的戰士，有曾經從大陸撤退、駐守金門，而後退役在台灣落地生根的老戰友，有我們老、中、青三代的鄉親。從他們流暢而生動的文筆裡，我們不僅看到故鄉爾時的原始風貌，更勾起我們無限的回憶。展現在我們面前的，似乎是一篇篇動人的故事，一首首感人的詩歌。

老一輩朗朗上口的俗諺俗語，已逐漸地不受E世代朋友們的青睞。他們不僅說不出口，更如鴨子聽雷似地不知所云，全然忘了它是先民遺留下來的生活體驗和智慧結晶。如此代代相傳，或許已有數百年的歷史脈絡，倘若不加以保存和傳承，這些寶貴的文化遺產，勢必要隨著歲月的更迭而消失得無影無蹤。因此，我們肯定〈咱的俗語話〉這個專欄，在鄉土語言普受重視的今天，必能發揮它既有的功能，爲即將失落的俗諺俗語做傳承的工作。雖然部份文字尚無一套標準的字形字體，但卻能以同音字來取代，鄉親只要稍加想像，必能瞭解話中的含意，這是不爭的事實。然而，在這個專欄裡，刊出的作品並不多，也讓我們深切地感受到，看似簡單的俗語話，如果沒有深入它的意境去詳加意會和琢磨，書寫成文則不易，這似乎也是許多作者不敢貿然下筆的主因。我們要誠摯地呼籲：冀望島嶼上的鄉紳賢士、旅外鄉親以及浯江副刊的作者們，能以愛鄉愛土之情，同心來耕耘這個專欄，讓咱的俗語話永續流傳，讓我們的子子孫孫都能朗朗上口，以我們的母語爲榮。

詩人，中國人講感情，金門人更是重情重義，曾經有人做過如此的詮釋；但隨著社會的變遷，價值觀的差異，似乎讓人打了折扣。在短暫而坎坷的人生旅途裡，每個人的際遇和身處的環境，都有不盡相同之處。因此，除了養育我們的父母外，一旦投身在社會這個大染缸裡，首先要面對的必定是週遭的人們。當我們的工作不順遂，事業遭遇到挫折時，是誰願意在這浮浮沉沉的大千世界拉我們一把？是誰願意在黑夜裡爲我們提燈，引領著我們走上光明的人生大道？倘若不是我們的親人和友人，必是我們的師長和同僚。在爲數不少〈感恩的故事〉裡，我們不僅看到親情的呼喚、友情的流露，也看到許許多多相互扶持、相互提攜、相互照顧的精彩篇章。雖然我們身處在一個現實而不完美的社會，但當我們讀完這些感人的故事後，內心不約而同地浮起一絲喜悅，畢竟人間處處有溫暖，社會亦有祥和的一面，在短暫的人生歲月裡，值得我們感恩的人不知凡幾。

〈地方傳說〉是共用專欄裡較弱的一環，儘管每個村落都有著一些虛虛實實的傳聞，無論是靈異或人物，似乎聽老一輩說故事的人多，眞正能明瞭其意境者少。或許是基於它是一些虛實不一的傳說，較難取信於讀者，有些則是對於傳說中的人事物有所顧忌和考量，因此，以此爲主題來書寫的作者並不熱絡。其實〈地方傳說〉不僅是鄉土民情的反映，也代表著一個時代的特殊風格。在無情歲月的腐蝕下，老一輩的鄉賢父老已逐漸地凋零，倘若不趁著他們尚在人間的此時，去探詢、整理、紀錄和傳承，這些珍貴的資料，勢必會從我們的記憶中流失，後代子孫將永遠聽不到自己家鄉的傳聞軼事。

在「個人專欄」方面，我們一直有一個共同的看法——它開闢的單元似乎稍嫌過多。可是，當我們細心閱讀後，卻能從其中品出不同風格和特色的作品；書寫的層面雖然包羅萬象，但多數都與這片土地息息相關，這是值得安慰與慶幸的事。畢竟，有勇氣開闢「專欄」的作者，個個都是「學識超人」、「學養俱佳」的浯鄉菁英。所謂：沒有三兩三，不敢上梁山。主編的慧眼識英雄，的確令人敬佩。然而，站在一個忠實讀者的立場而言，我們也發現到：某些個人專欄在刊出幾篇後，後續的作品卻略顯鬆懈，不僅沒有當初創作時的嚴謹，更沒有針對主題深入探討，發揮它既有的功能，如此之書寫，和一般散文並無差異，已失去「專欄」的意義。

坦白說，倘若缺少「專欄作家」該具備的學識和素養，貿然地接受「個人專欄」的開闢，而後又不用心去書寫，如此的「專欄」確實會讓讀者感到失望。雖然它只是一份地方報，但每天卻有數以千計的海內外鄉親、讀者在閱讀，由不得作者「畫虎膦」。既然有勇氣接受主編的隆情盛意，就必須全力以赴，把它發揮到淋漓盡致；除了要言之有物外，更要讓讀者意會到整篇作品想要表達的意象是什麼，而非只是用文字來充數、來堆疊就叫「專欄」，這是某些喜歡「畫虎膦」的「專欄作家」必須自我鞭策和省思的。別忘了，讀者的眼睛永遠是雪亮的，騙得了自己，卻騙不過他們。當然，對於多數用心在書寫的「專欄作家」們，我們也必須給予高度的肯定和掌聲。畢竟，眞金不怕火煉！

繼而地，我們要以一顆誠摯之心，來忠告那些闢了專欄又「後繼無力」的朋友們。我們的老朋友謝輝煌，寫詩、寫散文、寫評論近六十年，發表在國內外報刊的作品少說也有數百萬言、數百首詩。然而，當我轉述主編要請他開闢個人專欄時，他回應我短短的七個字：「我哪有這個本事！」，我深知老朋友謙虛，以他豐富的學識、敏銳的思維、廣博的見聞，以及軍旅與社會雙重的歷練，別說是一份地方報，在國內大報上開闢專欄也非難事，但他卻再三地謙讓，願意把機會讓給青年朋友們。然而，我們也清楚地看到，在個人專欄裡，有部分作者從「每週一篇」變成「每月一篇」，又從「每月一篇」成爲「每季一篇」，而後消聲匿跡，不見蹤影。不管他們以何種理由做藉口或推托，如此的「虎頭老鼠尾」，的確讓人不敢苟同。但願他們能重新出發，趕緊歸隊，別忘了主編對他們的禮遇，讀者對他們的期許。

詩人，有道是「愛之深，責之切」，或許，我們的談論會引起某些人的不快，尤其是「現代人」，他們喜歡聽信「美麗的謊言」，對於「忠言」必然會感到「逆耳」。幸好，我們已事先表明自身的立場，只有善意的期勉，沒有惡意的批評，誰願意對號入座，是他們的自由。然而，在這個過於自由的社會裡，卻也讓我們倍感憂心，因爲人們不僅擁有「說謊」的自由，相對地也有聽信「謊言」的自由，如此的「謊」來「謊」去，最後受傷的必是無知的人們。君不見，聽多了「美麗的謊言」，相對地也會造成「美麗的錯誤」，這是人們所疏於分析的！

此刻，微風夾著霧絲緩緩地吹過木棉的樹梢，光禿的枝椏微微地晃動著，在濃霧茫茫的瀰漫下，我驟然看見一朵早開的木棉花在眾多的蓓蕾中綻放。它雖然沒有盛開時的嫣紅，卻能率先展現迷人的丰姿，鶴立在樹梢的末端，讓沒有綠葉襯托的枝頭，增添一份艷麗的色彩。如此怡人的景象，惟有在這優雅的木棉道上，始能品出它清新脫俗的意境，感受生命中的豐盈。倘若你未曾身歷其境，何能意會到霧中那份朦朧的美，又怎能把它書寫成章。

詩人，如果風向不變，陽光不露臉，這場霧是不會那麼快散去的。它依然深深地鎖住浯鄉的山頭和原野，讓春的氣息盡情地在這方島嶼上奔放。然而，當白茫茫的霧氛化成綿綿春雨時，木棉樹上的蓓蕾，在它縱橫雜出的杈枒上，勢將綻放出一朵朵嬌艷的花朵。而此刻，我心中卻能率先感應到——它美麗的姿色，猶如情竇初開的少女；嫣紅的薄紗，是六月裡的新娘。屆時我將邀你來共賞，同在木棉道上寫詩或歡唱……

二〇〇四年三月作品

# 春寒三月

詩人，昨夜雷聲隆隆，窗外大雨傾盆，在雷電交加、風雨交織的夜裡，彷彿讓沈睡中的春在驟然間甦醒。

今晨一覺醒來，雷聲已不再，雨也停了，只見大地一片蒼茫，飄落在臉龐的不是雨絲而是霧氛。濕漉漉的草地上冒出許多翠綠的新芽，木棉的蓓蕾也綻放出嫣紅的花朵，這何嘗不是入春以來最富有春意的時刻。然而，在這個百花齊放、春意撩人的季節，竟不能帶給你豐沛的創作靈感，繼續未完成的詩章。只聞你臉上滿佈著落寞和無奈，心中泛起淡淡的憂愁，在風雨中靜坐，聆聽政客們口沫橫飛的演講。

雖然大選已落幕，但你卻得了選舉症候群，不僅飽受前所未有的苦楚，也憂心整個社會的不安和亂象。或許，這是一個知識份子內心自然的反應吧？然而，政治之污濁與奧妙，不是凡人所能理解的。當選戰的鼓聲響起，一場拼生拼死的殊死戰已然開始，任何可用之招數盡出，其高潮迭起的情節，彷彿讓我們置身在武俠劇中。今兒，戲雖已落幕，觀眾卻不願離去，是留戀劇中的人物和情節，還是另有他意？政治和文學本是兩個截然不同的體系，身為局外人的我，又有何格來論斷它的是非。

或許有一天，當我們看透了政治，認清政客的真面目，必然會從熾熱轉為冷卻，由希望變成失望，更會因爾時的懵然感到可笑。不管政治是否是高明的騙術，政客的「勢利」與「現實」卻是眾所皆知。他想利用你時是「理所當然」，你有求於他時則「推三阻四」。因此，我始終不明白，一向對政治冷感的你，何以會讓選舉的火花，快速地燃燒著你的智慧？難道你看不出社會已沉淪、民主已墮落、族群已撕裂。倘若你真的憂國憂民，為何不把冰冷的思維化成綿密的靈感，將這些情景反映在自己的作品上？雖然我無權針對你的觀點而置喙，但別忘了文學對社會的影響或許能超越時空、超越現實，更凌駕於政治之上，這何嘗不是詩人你責無旁貸的歷史使命？

實不相瞞，在戒嚴軍管時期，因職務的關係，我於一九六七年即加入「國民黨」，倘若沒有中斷，黨齡迄今已近四十年。在黨務系統裡，曾經當選過「金揚政區黨部」（金防部政戰部）委員，「金一德區分部」（政三、四、五組，福利站，電影隊）委員，更擔任過好幾年的「書記」和「小組長」。離職回歸到商場後，我並不想靠「政黨」的關係來經營生意，亦未曾想過要以「忠黨」來當選「模範商人」，因此一直未向地方黨部報到，也沒有重新登記的意願。如今已道道地地成為一個無黨無派的自由思想者，讓我感到無比的愜意；因為再也不必受到「黨」的約束和牽絆，每當選舉時，更毋需替那些政客們搖旗吶喊。所謂：「無黨眞清爽」，或許，它的可貴處就在這裡。

然而，滿頭蒼蒼白髮，經常被笑稱是「民進黨」員。或許是眾家朋友看到民進黨的尤清、盧修一、姚嘉文、林豐喜……等諸委員先生們都有一頭雪白的華髮，就一併地把我歸納成他們的同志吧？不管朋友們是「抬舉」還是「訕笑」，我從不在乎也未曾去計較。蓋因我只是一介草民、人世間的凡夫俗子，豈敢與民進黨那些「菁英」或「大老」相提並論。朋友間開開玩笑倒也無傷大雅，如果眞要把我歸類，那勢必是我心中難於承受之重。

坦白說，無論是「國民黨」、「親民黨」、「民進黨」或「新黨」，都有我認識的友人；甚至兩岸開始互動後，來訪的文化界朋友，誰敢保證其中沒有「共產黨」員！雖然熟識各黨，但卻坦蕩蕩地，沒有利用政黨的關係來妝點自己。況且，文學憑藉的是自我的才學，與政黨屬性、政治立場毫無關聯，這也是我長久以來悟出的眞理。因此，在這個春光明媚的季節裡，且讓我們多點文學，少點政治。與其把時間浪費在那些激情的聲浪裡，何不冷靜思考，回到文學創作的步道上，用我們的筆歌頌這方土地的雄偉，用我們的心禮讚這片土地的芬芳，這才是我們該選擇的方向。

寫完《烽火兒女情》，我的思維彷彿還停滯在書中的情景裡，何日才能逃脫出它的框架，重新思考另一部作品的誕生，依然是一個未知數。曾經信心滿滿地要在木棉花開時動筆，在木棉花落時完成。但「說」與「寫」常處在兩個不同的極端；說來容易寫來難，這似乎也是人們常見的通病。有些人信誓旦旦地要寫「東」，有些人老神在在地想寫「西」，最後是什麼「東西」也沒有寫成。今日的我，是否也患了同樣的禁忌，還是暫時的歇腳是爲了走更遠的路？如果眞能心口合一，那就是率眞；倘若不能，便淪爲吹牛。尤其在這個充滿著虛僞的社會，「膨風水雞」處處可見，蓋天蓋地、蓋人蓋神的「蓋仙」不勝枚舉，靠著一張嘴遊走四方的「鳥雞仔仙」更是不可勝數，這或者就是所謂人生百態吧！

詩人，拋開那些充滿著意識形態的政治議題以及人性的醜陋面，我們的心方能更坦然地來面對遼闊的原野，惟有這片土地才是我們急欲尋求的本源。它不與世俗爭名，不與繁花爭艷，無怨無悔地奉獻著自己，默默地守護著這個小小的島嶼，讓長久蟄居於島上的人們世代交替、繁衍子孫。但有誰曾感念它的付出和貢獻？又有誰能體恤到它正不斷地遭受人類的踐踏和破壞？從岩石到林木，從水源到泥土，沒有一處不遭受狼吻，沒有一方不受到魔掌的蹂躪。人類美其名謂建設，但若沒有自然的景觀，何能凸顯島嶼的特色？再高的樓房也比不上低矮的古厝；再美的霓虹燈也閃爍不出如螢火蟲般的光芒。如果能保有先人遺留下來的原始風貌，必能重現它古樸的風華，好與新世代的景緻相輝映！

此刻，我越過冷清的新市街道，佇立在濃霧瀰漫的木棉樹下，沐浴在淡淡三月的春風裡；與你靜坐在細雨輕飄、人聲吵雜的廣場上，是兩個不同的景象。你有你的訴求，我卻在木棉樹下尋找創作的靈感，雖然在文學的互動上有志一同，但對於政治的看法卻是南轅北轍。你近乎「熱中」，我則偏向「冷漠」；你有你最終的目的，我有我追求的方向，這也是長久以來共同的領悟（該不會減少我們數十年來誠摯深厚的友誼吧？）。

陣陣春風迎面而來，吹亂我雪霜加頂的髮絲，飄落在木棉花瓣的霧氣已凝聚成圓滾的水珠，滴在我滿佈溝渠的面龐，讓人倍感清涼。今年的春雨雖然來得晚，但那無情的春光卻一去不復返，獨留一個老人的身影在木棉道上遊蕩。然而，我毫無怨尤，願那柔和的微風、綿綿的細雨，能激勵我沈寂多時的腦海，爲三十餘年的文學之路，再添幾分色彩。倘然不能如願，是否意味著我文學生命中的泉源已枯竭，再也湧不出一泓清泉？

小島的三月天常被濃霧所深鎖，遠方依然是白茫茫的一片，與冷颼的街景相交織，倒也有幾分悽涼的美。是否因此而觸動我書寫此文的原委，還是在霧中的木棉道上有感而發？我並不想急於尋求答案，一切就順應自然吧！然而，每當木棉花綻放在它的枝椏時，內心更盈滿著難於言喻的欣慰。多少作品由它嫣紅的花朵裡衍生，多少行人在它美麗的花蕊下頓足停留；花落時，亦可見它繁茂的綠葉在風中飄動，彷彿是一隻隻綠色的彩蝶，在木棉的杈枒上飛舞。

誠然，我不能爲門外的木棉花做更多的讚美和詮釋；再美的花朵、再美的意境，也必須擁有一顆賞美的心。倘如用世俗的眼光來品賞，它只不過是百花群中的一種，即使它燦爛奪目、嫵媚嬌艷，但短暫的生命卻令人惋惜。當樹上的繁花凋落，茂盛的綠葉隨即取代它的風華，庸俗的人們又能品出什麼式樣的美感？然而，在你滿佈詩意的眼中則不然。那年春天，你懷著愉悅的心情，踏著輕盈的腳步，訪我於商機鼎盛、人如潮湧的新市里，我們在木棉道上同賞花開時的喜悅。你取出相機，轉動光圈、對準焦距、按下快門，捕捉枝椏上一串紅黃相間的花朵，爲我《木棉花落花又開》的文集，設計出一幅高雅脫俗的封面。那栩栩如生的木棉花艷麗依然，歧出的枒杈充滿著美感，讓那本平庸的文集，充滿著令人嘆爲觀止的藝術氣氛。

詩人，寒冬過後又逢春，時光總在不經意間溜走。木棉年年花開花又落，青青綠葉亦有焦黃時，生命中的青春年華已被黃昏暮色所取代，徒留一個美麗的回憶在人間。而此時，我們內心裡，是盈滿著花開時的歡心，還是花落時的無奈？是綠意盎然時的愉悅，還是枯萎飄零時的感傷？且讓我們衷心來守候明春燕子捎給我們的答案……。

二〇〇四年四月作品

# 以茶代酒敬詩人

詩人，今春你打從冷颼的故國回來，無視於寒風刺骨、旅途勞累，晤我於商機盡失、風華褪盡的新市街道。長而微曲的髮絲隨風飄逸，彷彿是一句句你在福州元宵節裡朗誦的詩歌。瘦削的臉龐神采奕奕，雪亮的雙眼炯炯有神，微戽的下巴充滿著自信，如此的影像，並非大師梵谷，倒像浯鄉詩人張國治。而那襲簇新的棉襖，頸上絲織的圍巾，更表露出一位藝術家迷人的丰采。然而，讓我疑惑不解的是：從你身上飄來的怎麼少了點男子氣，卻多了一份無名的野香？而這份香氣，並不能讓我的神情感到愉悅和舒暢，反而像患了過敏性鼻炎，不僅噴嚏連連，鼻水更像兩道清流，讓我感受到生命中的鹹滋味。然你別繃緊神經，也無須憂慮，我未曾懷疑你在異鄉「留情」，所聞到的亦非是對岸的「野花香」，而是春寒沁人心脾的「詩香」。或許，你會滿意我作如此的詮釋吧？

我們沒有品嚐你從故國帶回來的「花雕」，卻痛飲十年前出廠的浯鄉「高粱」。好酒與好友共嚐是我一點小小的心意，但幾杯下肚，你已微醺。酒後吐眞言是你的本性，聲音似乎也愈來愈洪亮了；在激動時，竟然多了些不太文雅的言詞，這並非是你與生俱來的特性，而是興奮之餘的率眞。當我們的聲音在這滿佈書香的屋宇繚繞時，你突然地提起我們的朋友林君，希望知道他的創作背景和一些鮮少爲人所知的瑣事。身爲林君三十餘年朋友的我，以及長久以來我們在文學上的互動和交集，想不據實相告也難。然而，在浯鄉的文學園地裡，林君未曾參加任何活動，始終保持謙遜低調的作風，因此，在廣大的讀者群中，知道他本名、筆名或其中之一者誠然有之，但全然不知者亦不在少數，他如行雲般地飄逸，若隱若現地在文學的邊陲地帶遊目騁懷。

林君祖居於東半島一個靠海的小村落，自小就能體恤父母的辛勞，經常地隨著年邁的雙親上山農耕或放牧，下海拾螺或採蚵，貧窮的家境把他鍛鍊成一個有血性、有良知的現時代青年。高中畢業後，在現實環境的逼迫下，不得不輟學出外謀生。然而，在戒嚴時期、戰地政務體制下，沒有高官顯赫與社會人士做後盾，想謀取一份工作並非易事，但他還是憑藉著自己的努力，考上由范秉眞教授主導的「金門地區血絲蟲病五年防治計劃」，協助從事檢驗工作。暇時戮力自學，以他熱愛的文學書籍爲閱讀對象，並經常在報刊雜誌發表作品，賺取微薄的稿費貼補家用。但這份工作並非是他眞正的興趣，由於投稿的關係，在一個偶然的機緣裡，認識了時任《金門日報》社長的繆綸先生，在繆先生的鼓勵下，參加報社新進人員考試、接受訓練，因此而改變他爾後的工作環境，也同時奠定他在文學上的根基。公餘除了閱讀外，更一心一意投入文學創作，除了就近向《正氣副刊》投稿外，國內的報刊雜誌，經常可見到他文筆流暢而充滿著鄉土色彩的散文作品。

詩人，我們都知道，二十幾年前的《中央副刊》，是國內投稿率最高，錄用率最低的刊物。在孫如陵先生認稿不認人、鐵面無私的主編下，首次以頭條刊載金門人作品的就是林君〈又是蚵肥時節〉。時隔二十餘年，我們依然能從他那誠摯、流暢而生動的文筆裡，尋找出一個捲著褲管，挑著竹籃，走一千多公尺蜿蜒泥灘小路，到泥沼及膝的蚵田裡採蚵的情景，以及在寒風烈日下，用一根小扁擔，一頭掛著書包，一頭掛著蚵桶到鎮上讀書兼賣蚵的少年。

一九八八年秋天，林君把發表在《中央副刊》、《自由副刊》、《民眾副刊》《新文藝月刊》以及《正氣副刊》的十六篇散文作品，以《拾血蚶的少年》爲書名，交由台北「錦冠出版社」出版發行。他語重心長地說：「幸與不幸，很難有一個確切的認定；漫天烽火、硝煙彈雨間隙中苟命的童年歲月，雖然在生死邊緣掙扎，但是，比在昇平中的同齡孩子更擁有一份充實的鍛鍊機會，和串串值得回憶的片段。」短短的幾句話，道出一個創作者的辛酸淚，讀來令人動容。雖然這是他的第一本書，但何嘗不是一粒希望的文學種子，而種子是生命的延續，他是一顆擎舉薪火傳承的種子。

在十六篇散文裡，彷彿讓我們看到十六個栩栩如生的故事，無論寫情寫景，無一不是出自他心靈的激盪，眞情的流露。

在〈不說再見〉裡，他詮釋著一份即將遠去的愛情，「當我潦倒回家種田，妳願意無怨無悔地幫我下田播種；當我下海捕魚，妳願意在船邊幫我補網」，那無悔的諾言尚在耳邊繚繞，卻馬上要面臨某種無法超越和躲避的客觀因素，雖然他的心在滴血，但卻不能改變即將分手的命運，豈敢盼望和她再相依，只有默默地祝福她。最後卻以「命裡有時終須有，命裡無時莫強求；天若有情天亦老，月若無恨月長圓」來安慰自己，來結束這段感情。這是一個多麼純眞、多麼可貴的愛情故事，惟有投入眞摯的情感，方能書寫出如此美妙感人的作品。林君的〈不說再見〉的確讓人「想說再見」也難啊！

牛，是農人的朋友，農家的好幫手；農人與牛始終有一份難以割捨的情感。林君在〈牛〉裡寫著：「家裡沒有牛，父親的精神像失去了支柱，終日茶飯不思，恍恍惚惚地，做起事來都不起勁，他丟下田裡的工作，跑了好幾個村莊，才買到一頭小公牛，經過細心的照顧和嚴格的訓練，終於讓牠成爲一條好耕牛。然而，那頭牛卻不幸被共軍的砲火擊斃，父親抱起牛頭，跪地痛哭——爲牛不幸罹難而哭，爲家中失去耕地的動力而哭！」或許，沒有從事過農耕的朋友，永遠不會瞭解農人與牛之間的關係。人與牛日夜相處，所衍生的已非牛靠人餵養，人靠牛耕作，而是農人與牛之間有密不可分的關係。在這世道蒼茫、人情冷暖的今天，人與牛之間的感情，或許要凌駕人與人之上，又有誰敢於否定這個事實。而今，隨著工業的發達，「鐵牛」已取代了耕牛，老農牽牛荷犁的情景以及民曆上的春耕圖，已逐漸地從我們的記憶裡消失。

〈呼喚〉是呼喚一個永不回來的小生命。儘管林君有足夠的經濟能力，不惜付出任何代價，但依舊換不回骨肉離散的悲痛。七個月的希望和喜悅，就像一場夢；夢醒了，親朋好友殷切期盼來臨的孩子，卻去到另外一個世界，在人間消失得無影無蹤。這是林君描寫他與愛妻的第一個愛情結晶，卻因早產而傷逝的感受，讀來不禁讓人同灑悲傷的淚水，也讓我們看到一個初為人父的身影，佇立在保溫箱前，面對著在生死邊緣掙扎的女兒，卻不能給予一絲一毫的幫助，眼睜睜地看著她的呼吸愈來愈微弱；手腳蠕動愈來愈遲鈍，當醫生宣佈藥石罔效時，他的鼻頭不禁感到一陣酸楚，一串串滾燙的淚珠滑過雙頰，落滿衣襟的悲傷情景。讀完〈呼喚〉，的確讓我們深深地感受到：一個微小的生命，從誕生到結束，僅在那短短的一瞬間，怎不讓他感受到生存與死亡間的虛無飄渺，以及難於捉摸和預料的世間事。

詩人，我們並非評論家，不能針對書中的篇章一一來剖析，只摘取其中不同題材的三個片段來作為讀後的感想。書中〈淩晨的淘米聲〉、〈新鞋與我〉……等，篇篇都是可讀性甚高的作品。我們看到在寒冬冰冷的清晨裡，一個傴僂著身子的年邁母親，正在淘米爲子女們做早飯，以及父親賣菜回來，爲他帶回一雙膠底鞋，但卻捨不得穿，只好一肩背著書包，一肩背著鞋子，走到校門口才把鞋子穿上，從此不會因打赤腳而被老師叫到升旗台上罰站的少年內心的獨白。雖然《拾血蚶的少年》已在市場上銷售一空，並已絕版，除了少數友人記憶猶新外，謙遜的朋友從不談起。倘若我們此刻不做一個簡短的闡述，老一輩的讀者或許早已忘了這本書的存在，新一代的朋友們，又有誰會瞭解到一位作家的創作歷程，隱含著多少不欲人知的辛酸淚。誠然，時光已走遠，今日的朋友已非昔日拾血蚶的少年，但在我們腦裡浮動的，依然是一個瀟灑而坦蕩的身影。即使無情的歲月摧人老，但那深厚的友誼卻不變，無論他在職場多麼地風光煥發，或在文學上有多麼傲人的成就，他永遠是我們的朋友。

作家林文義先生在《拾血蚶的少年》序文裡曾經說：

「我看到『血蚶』這兩個字就想起那種剖開時鮮紅若血的貝殼。據說，金門以這種海鮮名聞四方，看到這本書的名字，不禁讓我發出會心的微笑，濃烈的島嶼氣息撲鼻而來。

這樣的島嶼氣質，自然寫出來的散文充盈著島嶼風情。我翻開他的散文，感覺到內心湧漫而來的溫暖，這個寫作人是誠摯謙遜的，在金門島，安靜而自適的生活、創作，守著故鄉的家居、草木，終於拿出了他的第一本散文集。

文學本來就是反應時代、土地、人民。他的第一本書，就呈現這樣令人『放心』的穩健姿態，在在證明，昔日那個『拾血蚶的少年』已然成熟、長大，開始用他流暢有緻的文筆為自己的鄉土說話。」

林文義先生的一番話，除了點出一位作家的成長與創作歷程外，更讓我們為他爾時不凡的成就感到喜悅和驕傲。時隔十六年後的今天，因工作與職務的關係，雖然少有散文創作，但他卻以敏銳的觀察、優越的文學素養，寫了數百篇蘊含著人生哲理的方塊小品，近百篇文從字順、辭理可觀的社論。無論是島嶼文學或新聞論述的書寫，已達到爐火純青的境界，並非我們誇大其辭，只要詳加比較，作品就是最好的證明。雖然在職場上曾經遭遇到一些挫折，然而，他並不氣餒，更不向惡劣的環境低頭，憑著堅強的意志和信心，歷經二十餘年的慘澹歲月，終於遇到了伯樂，這何嘗不是他苦盡甘來的結果。

在這酷寒冷颼的初春裡，詩人，且用我們那顆被烈酒燃燒過的熾熱之心，為朋友獻上永恆的祝福吧！

去年夏天，他因公到泉州參加旅遊節，試圖利用公餘之便，依據祖父生前的囑咐，到「泉州府東坑鄉東門外土牆厝」去尋根。然而，祖父所說的地名，是一百年前的舊名稱，不但年代久遠，且遭受戰亂的波及；時局變動，加上泉州又是歷史古城，廣袤遼闊，觸目盡是櫛比鱗次的高樓，因此，沒人知道「東坑鄉」，也沒人聽過「土牆厝」。原鄉的時空已變、人事全非，無奈尋根的美夢不能如願，於是在感傷的同時，他重拾中斷許久的散文之筆，寫下〈原鄉路更遠〉這一篇流露眞情，充滿懷鄉情愁，令人涕零的散文佳作。由此可見，朋友的寶刀未老，文采依然，如果沒有爾時的苦學和歷練，又怎能寫出那麼感性的文章。

詩人，此刻我只能以簡陋之筆為朋友勾勒，讓你粗淺地認識他的輪廓，雖然我們不能更深一層去瞭解他的內心世界，但勢必能從他的作品獲取答案。但願來日，你能為他畫像；把他端正的五官、亮麗的成就、非凡的一生，透過你不朽的筆來書寫、來描繪，爲浯鄉的文學史留下一個完整的紀錄。雖然我們置身於文學的邊陲地帶，主流體系離我們很遠，但並不能減少我們對文學的熱愛，對這片土地的關懷。況且，青春歲月有盡時，黃昏暮色將來到，在短暫的人生旅途中，又有什麼可計較的，這是我們長久以來悟出的眞理。

你微微地點點頭，輕啜了一口酒，是同意我的觀點，還是滿意我的敘述？當我們的眼神不經意地交會時，我的眼前彷彿有一個熟悉的身影在晃動，怎麼在我酒後滿佈血絲的眼裡、略顯模糊的腦中，愈來愈有〈戰爭的顏色〉，愈看愈有〈一只粗桶〉的古樸風味。我低聲地唸著你那〈致金門〉的詩句：

也許我能寫一首詩
給你，在異鄉的秋月
在和平的城市

也許只是沒有斷句的哀傷
詩箋冷冷
醞釀少年記憶意象
成行文字也許譜不出
那年代巍峨
但是我謙卑寫給你
如同我一直守望著
你的輝煌

是酒後的感傷，還是無名的因素，爲什麼竟感染了詩人這份悲壯又悽然的況味？

放眼當今詩壇，你的詩不僅編入兩岸三地的選集，更譯成多國文字，深獲各界的肯定和好評。無論在海內、在海外，每當你啓齒朗誦時，那含磁的音色、豐富的感情，無與倫比的表情張力和肢體語言，莫不引起廣大讀者熱烈的回響和共鳴。你英文造詣之深，也讓人刮目相看，聽寫講演更是隨心所欲，不但能即席朗誦自己的作品，無論文辭做任何的轉換，依然能保持詩中原始的風貌，依然能朗誦出詩中優美的意涵。當韓國詩人金良植以英文和台北的詩友交談或朗誦時，你義不容辭爲她做翻譯，讓出身梨花大學外文系的詩人倍加讚揚，這是我們深以爲傲的。相信爾後的你不只是金門詩人、台灣詩人、中國詩人，亦是國際詩人！因爲你有宏觀的視野，異於常人的思維，豐富的情感和學識，更能忍受凡人難以忍受的孤單和寂寞。

我們平分了大半瓶高粱，從你身上飄來的已不是初時的「野香」而是此時的「酒香」。然則，你卻能從繚繞的酒香中獲得靈感，隨想手扎密密麻麻地記載著你從酒中悟出的詩句。是源自故國的情景，還是浯鄉的星空？是內心的頓悟，還是酒酣時的感觸？你寫下一行又一行，朗誦一段復一段，流露在臉龐的猶如風中緋櫻，讓我感到沈悶中的歡愉。而我已不勝酒力，美酒滿杯置一旁，想一口乾下已不能，任時光走遠、任歲月蹉跎，且容我以茶代酒敬詩人……

二〇〇四年二月作品

# 烽火的圖騰與禁忌

## ——試論黃振良的《金門戰地史蹟》

沒有歷經過戰爭的人，不知戰爭的恐怖；沒有在戰地政務體制下生活過的人，何能領會到島民內心的痛。雖然作者所欲表達的意象不在此，他只是站在一位文史工作者的立場和角度，跳脫史料的引述，從民間的訪談與觀察以及親身體驗、小心求證的結果；用鏡頭、用文字，留下彌足珍貴的文史供後人閱讀和參考，也同時爲走過烽火歲月的島嶼做見證。或許，這才是作者編撰這本書的原委和初衷。

不可否認的，實施近四十年的戰地政務，在島民長久的期盼下，終於宣告終止；居民眞正享受到前所未有的自由。相對於軍管時期、戰地政務體制下，「自由」二字離他們很遠，他們背負著「戰地」的包袱，肩挑著「前線」的重擔，單行法壓彎了他們的腰，戰備米的黃麴毒素奪走了無數的性命。然而，爲了先民留下的這片土地和田園，爲了不願流浪異鄉成爲一片無根的浮萍，他們忍氣吞聲，承受著心靈與肉體的雙重煎熬。

憲法規定人民有居住的自由，對他們來說是不存在的，無辜的島民只能夠在鐵絲網下、在雷區裡求生存。從「五戶聯保」、「留宿條」、「流動戶口」、「烈嶼往返同意書」、「台灣金門往返許可證」到「蠔民證」、「灘民證」、「漁民證」、「夜間通行證」……等，一個家庭擁有十證八證者並不稀奇。因爲這裡是戰地、是前線、是反攻大陸的跳板，是保衛台澎不沉的戰艦！爲了安全，爲了防止敵人的滲透，不得不設限來防堵，不得不懷疑他們的忠貞。因此，在發證之前，少不了要經過一番安全查核，通過後再造冊列管，最後才能蓋章領證。甚至「穿衣」要管制、「燈火」要管制、「路線」要管制、「汽機車」要管制、「照相機」要管制、「收音機」要管制……；竟連印著國父孫中山肖像的鈔票也要管制。除了「限金門地區通用」外，一般居民匯款到台灣也有一定的限額，商家向台灣採購貨物，其貨款則必須向財糧科申請匯款單才能全額匯出。生長在這方島嶼的居民，的確是中華民國的次等國民。雖覺可悲，但也無奈。

或許，在那個高喊著：「一年準備、二年反攻、三年掃蕩、四年成功」充滿著美夢的時代裡，島民能體會當權者的心態。然而，一旦接到集合通知，他們必須放下田裡的工作，管不了放牧的牛羊和家禽，管不了家中的妻小和老幼，自備簡單的糧食，在限定的時間內，在砲火或烈日下，參與搶灘和運補，參與訓練和演習，倘若有所疏失，必以軍法大刑來伺候，「人權」二字對他們來說是陌生的。多少無辜的島民被送到軍中私設的「明德班」管訓，或移送到太武山谷的「軍事看守所」坐牢。他們並非流氓或地痞，更沒有犯下滔天大罪；倘若說有，那只不過是玩玩紙牌，排遣長久壓抑的寂寞；或是閒聊時說幾句牢騷話，抑或是查戶口時，被查到一雙軍用布鞋或一罐軍用魚肉罐頭；這些芝麻蒜皮小事，終究還是逃不過那些安全人員的眼線。他們在明德班所受的折磨，在軍事看守所所受的苦難，只有身歷其境者，始能領會到它的苦楚。

不錯，有戰爭就有和平，有破壞就有建設，遭受攻擊就懂得防禦。居民雖然受到不平等的待遇，但自從兩岸軍事逐漸地和緩，無情的砲火不再蹂躪這塊島嶼。駐守在島上的十萬大軍，的確是爲它帶來不少商機，居民的生活顯然地有了重大的改善，島上的建設有目共睹。從造林鋪路、擴建機場、濬深港灣、慈湖築堤、太湖疏濬、榮湖圍堵；重闢榕園和中山林、建造東美亭、經國紀念館、俞大維紀念館、八二三紀念館……等等；企圖把金門塑造成一座中外皆知的海上公園。這些傲人的成績，不得不歸功於戍守在這方島嶼的國軍弟兄們。

然而，爲了要讓這些二年始可輪調或退伍的官兵，在精神上有所寄託，在身心上能得到慰藉，幾乎每個師或海空指部，都設有文康中心。除了電影院、百貨、冰果、撞球外，金防部也在各地中心點設立「官兵特約茶室」，甚至偏遠的離島也派遣侍應生做不定期的巡迴服務。慈湖築堤施工期間，也臨時租用民房，在安歧設立「機動茶室」讓日夜趕工的官兵，能紓解一下壓抑的性。同時也在金城總室開放設立「社會部」，讓無眷的公教員工有一個發洩的地方。特約茶室的設立，除了解決十萬大軍的性需求外，無形中也減少了許多軍民之間的感情糾紛，這是值得肯定的地方。

在休閒方面，每月由各單位遴選優秀官兵到位於成功村的「官兵休假中心」休假一週。除了欣賞電影、觀看藝工隊演出、參觀金門各景點，其三餐伙食也是一般部隊所享受不到的。每三個月再遴選一梯次的「前線有功官兵」接受國防部的表揚以及軍人之友社的招待和總長的歡宴。在十天假期裡，軍人之友社會派遣專車和服務小姐，讓這些來自前線的有功官兵，遊覽台灣的名勝古蹟。官兵一旦被遴選上，其興奮的程度不言可喻。時值筆者服務於金防部政五組，雖然承辦的是「福利」，但「民運」、「康樂」、「造林」、「戰地政務」、「慰勞慰問」……等，都屬政五組的業務範圍。攸關這部份，該書涉獵和著墨的章節不少，故而略做一點小小的闡述和補充。

綜觀上述，它或許只是《金門戰地史蹟》裡的一些片段，但何嘗不是生長在這方島嶼的每一位人們最熟悉的一環？然而，作者以十三萬言的文字配上三百餘張圖片來詮釋這本書，但自始至終沒有用一句激烈的言辭來批判時政或對現實有所不滿，僅僅以一個文史工作者的誠實態度，來紀錄這份戰後遺留下來的史蹟。或許，每個人對人世滄桑都會有一份同情和關懷，身爲一個早期的作家、現在的文史工作者，他的感受勢必比其他人還強烈。因此，他花費了很長的一段時間，到處訪談、蒐集資料，每一個章節更以影像來彰顯它的眞實感，而後詳詳細細記下每一個片段，並以五十五個「註」來引證它的出處，絲毫沒有掠奪他人之作以據爲己有之差池行爲，這是一個文史工作者「文字誠實」的可貴處，亦是作者文品與人品相互映輝的展現。

除了五十年戰地歲月的陳述和記錄，作者更將文史工作者的觸角向前延伸到明清時期的金門，讓讀者從金門歷史看金門的今日，進而期許金門的未來。烽火歲月裡，金門人苦於兵禍，承平的年代，又心悸於來自內地和海上的盜寇；就如同現代金門一般，駐軍的增加可以帶來百姓的收入，卻必須生活在戰爭的恐懼中，等到和平的日子來到，卻又得面臨駐軍減少爲民生帶來衝擊，難道這就是小島子民的宿命？

倘若以文學的觀點來說，顯然地，《金門戰地史蹟》除了是一部浯鄉文史外，更有報導文學的磅礴氣勢。作者從文學的路途走來，曾經在報刊雜誌發表無數的散文和小說。筆者在三十餘年前評論他的散文〈溪流的懷念〉時，曾經引用約翰·科克德對早熟的天才作家拉提葛下過如此的評語：「他是屬於嚴肅的種族，用不著等待歲月的成熟，就以渾身的智能燦爛地開花結果。」三十餘年後的今天，重提這句話的用意明朗，足見爾時的我並沒有引用錯誤。雖然他由文學創作者轉換成文史工作者，然他並沒有放棄對文學的熱衷。

在寫完《金門古式農具探尋》以及《金門民生器物》二本鄉土文獻後，幾趟祖國行，卻毫不考慮地放下另一部文史資料的蒐集。以他清新細膩、節奏明快的生花妙筆，以及豐富的想像力，在短短的幾個月內，寫出《掬一把黃河土》一本讓人印象深刻且生動流暢的散文集。然而，在過去的時光裡，他歷經過艱辛苦楚的農耕歲月，親眼目睹漫天的烽火和硝煙，親身體驗到社會的變遷和世道的莽蒼，卻始終不願以這些珍貴的題材，經營成一篇有血有淚的大河小說。誠然構成小說的要件繁瑣，但惟有像作者如此熱誠、真實、下筆嚴謹的文史工作者，方有資格、有能力來寫下此一篇章。

總的說來，《金門戰地史蹟》是一本文學與文史相互交融所結合的作品，無論讀者從任何一個角度來閱讀，必能從其中獲得讀後的快感，更能領會到一個文史工作者所付出的心血和代價。進而再從他的每一個章節，看到金門戰地的原始面貌。從早期或近代，從反攻備戰到後勤補給；從海岸工事到陸空防禦，從自衛民防到軍事管制；從官兵休閒到紀念性建築，還有幾乎被人遺忘了的聚落、地名的更改，書裡都做了最完美的詮釋。作者爲這塊曾經被戰火摧殘過的島嶼，留下的不僅僅是十三萬言的文字和三百餘張圖片。他最終目的是讓讀者更深一層地去瞭解、去體會、去包容、去寬恕在這個島上所發生過的每一件事，也同時爲那個悲傷苦楚的年代做見證。

此時，兩岸的軍事已不再對峙，疼痛的歷史傷口也逐漸地癒合，戰爭已遠離這個小小的島嶼，兩岸人民已開始互動，小三通的船隻也已啓航。做爲一個文史工作者，更應秉持千秋之筆，運用己身的智慧，寫下不朽的篇章，把它記錄在浯鄉的文史上。爲這片土地盡職、爲時代盡責、爲永恆的歷史做見證，用筆完成時代使命和歷史任務。

今春應邀擔任贊助鄉土文獻評審，在讀完《金門戰地史蹟》這本書的初稿時，我在評審意見欄裡寫下：「從歷史的回顧到成長的軌跡，作者以嚴謹的筆調，優美的文辭來闡述即將被遺忘的金門戰地史蹟。文中見解卓越、引證廣博、段落分明、結構嚴密、圖文並茂，為不可多得的文史佳作。」今天我以這短短的幾句評語作為本文的結束，似乎並無不妥之處。相信這本書的出版，必定能在文壇上生生不息、久遠流傳，也是二〇〇四年預定在浯鄉召開的「國際島嶼會議」不可或缺的史蹟導覽。它足可讓與會的國際人士和兩岸三地的同胞，更深一層地去瞭解金門文化的特色，傳統聚落和古厝的風華，以及戰爭遺留下來的歷史痕跡。

二〇〇三年六月作品

# 歷史不容扭曲，史實不容誤導

## ——走過烽火歲月的「金門特約茶室」

金門軍方所屬的特約茶室，已完成「調劑官兵身心健康，解決官兵性需求」的「神聖」使命，隨著時代的潮流走入歷史。然而，近幾年來，當小林善紀《台灣論》所引發的「慰安婦」風波，在國內鬧得不可開交的時候，坊間也興起了一股探討「軍中樂園」的熱潮。儘管特約茶室「侍應生」與二次大戰的「慰安婦」不能相提並論、無法混為一談（慰安婦被迫，侍應生自願），但許多人還是談得津津有味且樂此不疲。一提起「軍中樂園」這四個字，彷彿就能挑起眾多人的「神經線」，而某些說者則言過其實，讓聽者信以為眞，致使部分傳述和報導與事實有所差異，的確令人難以苟同。歷史不容扭曲，史實不容誤導，還原其眞相，是浯島庶民責無旁貸的職責。

一九六五年，我以金防部福利站會計員的職務，被調到政五組協辦防區福利業務。

爾後雖然晉升經理，但必須組、站同時兼顧，主要的辦公場所依然在武揚坑道的政五組。十餘年的山谷歲月，前後歷經：廖全傑、李忠禮（曾任國防部藝工總隊長）、谷鵬（曾任金門縣長）、許自雋、劉幹臣、孫紹鈞（曾任國防部戰地政務處長）、李中固（曾任華視業務部經理）、李壯濤、陳柏林（曾任金門西園鹽場場長）等九位組長。其間，由於福利官調動頻繁，且幾乎都是來佔缺升官，升了就走，以致業務銜接不順。因此，承長官的眷顧，把部份福利業務，如福利委員會的召開，福利單位預算編列，福利單位會計報表審核，福利單位業務檢查（會同政三組、主計處），福利點劵分發結報，免費理髮、洗衣、沐浴票核發，福利盈餘支付通知單審核與開具，福利單位員工生出入境簽擬……等，都由我來承辦。雖然工作繁忙、責任重大，但歷經這段可貴的過程，卻是造成我往後對福利業務嫻熟的主因。

記得初進政五組辦公室時，福利官聶建國少校交給我的第一份任務，是要我把一批待銷燬的公文，依照「來（發）文單位」、「文別」、「日期」、「字號」、「案由」、「機密等級」一一登記下來，以便會請政四組相關人員來監燬，但「法令」必須另行挑出、妥善保存。

這批常年存放在潮濕的武揚坑道裡，年久待銷燬的舊檔案，部分不僅破損且已發霉，然我絲毫不敢大意，除了依序登記外，對於一些有保存價值的法令，不僅詳加翻閱，也重新歸檔。而在那些舊檔案中，有許多是陸總部轉頒國防部的公文，除了一般福利外，涉及到特約茶室業務的更不在少數，甚至，有部分是轉自內政部頒佈的「台灣省各縣市公娼管理辦法」的修正條文或補充事項，讓我明確地發現到：金防部特約茶室就是依據國防部參照內政部所頒佈的「公娼管理辦法」的法源為依據而設立的。但最初成立軍中樂園以及爾後幾年間的公文卻則未曾見到。

名義上，金門特約茶室由軍方督導經營，但在我接觸到這份業務時，它實際上的操盤者，是年逾七十高齡的經理徐文忠先生。據特約茶室的老員工說：徐先生在大陸未淪陷前，曾經在上海經營過特種行業，來台灣後，依然沒有離開過這個圈子，復經人推介，由金防部聘請來金，擔任特約茶室經理乙職，數年來未曾更換，他是什麼時候獲聘來金的？詳細時間已無從查起。

雖然有一位熟諳此道的經營者，但軍方並沒有釐訂一套妥善的管理辦法，彷彿就是徐文忠自家開設的「軍樂園」，只要巴結好相關單位的長官和承辦人，每月把剩餘的款項往上繳，就可高枕無憂。內部不僅管理散漫，經費運用毫無節制，浮報濫用，帳務記載不實，剋扣侍應生主副食費，放任不肖員工和侍應生賭博抽頭、利用職權白吃白嫖、假借互助會之名收取暴利……等不法情事，以「雜亂無章」來形容並不為過。

倘若以福利單位核薪的標準而言，徐先生當時是一等一級經理，雖然月薪加眷補費、主副食費等高達千餘元（尚無「職務加給」項目），試想：光憑一個月千餘元的薪資，能留住一位縱橫歡場數十年的「老仙角」嗎？這點錢不僅不能滿足他，更不夠他塞牙縫，因此，以「靠山吃山，靠海吃海」來形容一位遊走在特種行業的老先生並無不妥。

於是隨著新主任的上任，首先被整頓的是承辦福利業務的政五組。主任辦公室的中校秘書與組裡的上校副組長對調，參謀也大部分做了調整，辦公室亦從武揚坑道內搬到明德圖書館右下方的一幢平房。室內重新粉刷，桌椅重新油漆，辦公室煥然一新，但不久又搬回武揚坑道。強勢的副組長，已凌駕屆齡待退的老組長，新官上任三把火，燒得政五組雞飛狗跳、寢食難安，對各參謀也撂出了重話：「政五組所有參謀給我聽好，非公務不得到特約茶室去，如果純去買票的話，要先報備，事後把票根帶回來備查。」副組長的來歷諸參謀都「了然於胸」，儘管他的要求有點矯枉過正，但並沒有人敢提出異議。然而，命令歸命令，規定歸規定，對於這種不合理的要求，一些與福利業務無涉的老參謀並沒有把它放在心裡，眞正到了需要「解決」的時侯，誰會那麼「大條」地先向他「報備」，再把票根帶回來「備查」？

在副組長嚴苛的要求和強勢的主導下，福利部門必須針對特約茶室長久積聚的詬病和弊端，各級幹部在操守、業務上的缺失，例如：負責侍應生抹片和抽血檢驗的醫務人員，接受賄賂、僞造檢驗報告，以及派駐特約茶室負責維護秩序和軍紀的憲兵人員，不服從管理幹部領導，藉機製造事端，並利用職權把同僚或其他朋友帶進茶室，增加管理上的困擾等，從速釐訂一套管理辦法，飭令福利中心轉特約茶室遵照執行。然而，想擬訂一套完善可行的管理辦法談何容易！上了無數次簽呈，挨過多少罵，依然過不了副組長這一關，遑論想請主任核閱再送請司令官批示。追隨如此嚴格的長官，的確讓我們承受著前所未有的挫折和無力感。最後總算凝聚了共識，勉強歸納成幾點，並預留一個「若有未盡事宜，得隨時再做修訂或補充」的空間。在草擬的辦法中，我們概略地研擬如下：

一、重新劃分特約茶室等級，釐定員工編制，修訂管理幹部職稱（除金城總室維持「經理」外，各分室之「幹事」修訂爲「管理主任」，總室「事務員」修訂爲「事務主任」，餘則不變），提高管理幹部素質，嚴加考核，裁減冗員，嚴禁管理幹部利用職權白喝、白吃、白嫖，以及員工生賭博、招會、借貸等不法之情事發生，違者，員工解雇，侍應生遣送返台。

二、依員工生比例以及業務需要，編列各項經費預算，各單位每月所需費用，須在預算範圍內支用，並檢附原始憑證併同會計報表，由總室彙整報部審核無訛後，始准核銷。不得有浮報、濫用、溢領之情事發生，一經查覺，除追繳該款項外，其管理主任及承辦人員，無論情節之輕重，一律檢討議處，絕不寬貸。

三、特約茶室使用之「娛樂票」由本部統一印製控管，每月由金城總室派員來部領取，並加蓋政五組圖章始爲有效。總室具領之娛樂票，除分發各分室使用外，並負責結報。當月未售完之票數，次月自行作廢，並應詳實登記張數編號，繳部銷燬，不得有外流之情事發生。

四、提高「台北召募站」召募費，由每名一千元調整爲一千三百元，惟新進侍應生必須加以篩選，年齡不得超過三十歲，服務未滿三個月不得請領召募費，並視侍應生之缺額召募，總室須針對票房紀錄未盡理想、服務態度不佳之高齡侍應生檢討解雇，以達汰舊換新之目的。

五、新進侍應生，每人擬無息借予安家費一萬元，俾利該女安心工作，所借之款，按月從其營業額內扣還歸墊。無論生產或流產，擬每人補助營養費五百元，以表本部關懷照顧之意，惟須檢附醫院證明書以憑核銷。

六、裁撤「醫務室」，協調軍醫組每週一由東沙、料羅醫院以及烈嶼地區軍方衛生單位，派遣醫務人員為侍應生抹片檢查。並在尚義醫院設立「性病防治中心」，凡抹片檢驗呈「陽性反應」者，立即送性防中心治療。爾後並隨票附贈「小夜衣」，並請軍醫組製作宣導標語，張貼於各茶室售票處，以防止性病蔓延，維護官兵身體健康，其費用由本部福利盈餘項下編列預算酌予補助。

七、支援特約茶室之憲兵同志擬飭令歸建，其安全及秩序事宜由管理人員負責維護，以統一事權，俾便管理。

當管理辦法頒佈後，我們請七十高齡的老經理徐文忠先生主動辦理退休，由台北召募站負責人杜叔平先生接任經理，除了借重他豐富的學識和經驗外，也希望他能透過關係，替茶室召募一些較年輕貌美的侍應生，好爲戍守在金門的三軍將士們服務。然因，杜經理並不能適應特約茶室複雜的環境以及承受的壓力，上任不滿一年就辭職，復由山外分室管理主任劉曼琦先生接任，杜生先則回台續任台北召募站負責人。

隨著「特約茶室管理辦法」、「特約茶室員工編制和任免」、「特約茶室年度各項經費預算」的頒佈實施，以及管理幹部的調整，可說讓特約茶室徹底地改頭換面，在經營管理上更奠定了一個良好的基礎，每月繳回之盈餘也相對地提高。然而，爲特約茶室改革，勞心勞力、犧牲奉獻的副組長，因「嘉禾案」縮編，沒升到上校就退役了，留給我們無限的懷念。儘管爾時受到他不少的苛責，但卻從他不厭其煩的指導中，學習到不少東西，往後福利業務能順利地推展，副組長可說功不可沒，這是我一直銘記在心頭的。雖然他離開軍職，但並沒有因此而沉寂，除了興辦學校、親執教鞭，春風化雨、作育英才外，又當選縣議員。然參選兩屆立法委員，卻意外地高票落選，的確令人惋惜。自此之後，副組長的大名就從政壇上消失，取而代之的是一所績優的明星高工，以及數以千計的莘莘學子、社會菁英。

關於特約茶室的業務和分佈狀況及編制，當時是這樣的：

一、業務概況：

特約茶室業務，依權責由政五組承辦，福利中心督導。但督導單位卻有「責」無「權」，往往只做公文轉達的橋樑。有關「管理辦法釐訂」，「預算編列、經費核銷」，「新進人員任用、管理幹部調動」，「娛樂票印製管控」，「員工生出入境」……等業務，全操在政五組福利業務承辦參謀手中。倘若有重大事件或突發狀況，承辦單位會同的依然是政三組和主計處，而不是福利中心監察官和財務官，甚至事先也不必知會他們。

二、分佈與編制

特約茶室計設有：金城總室，山外、沙美、小徑、成功、庵前、東林、青歧、后宅、大擔等分室，以及配合慈湖築堤工程而臨時設立的「安歧機動茶室」（工程竣工後隨即關閉）；每季一次的東、北碇離島巡迴服務（東碇由金城總室派遣，北碇由山外分室負責，分別由各該單位派管理員帶領二至三位侍應生，配合軍方運補船前往，再隨下航次運補船返航）。

金城總室士官兵部侍應生房間，門框上紅底白字編號清晰可見。
（金門縣采風文化發展協會理事長：黃振良先生 攝）

「金城總室」位於金城民生路四十五巷內，設有「軍官部」（尉官以上）與「士官兵部」，編制上有：經理、副經理、事務主任、文書、會計各一人，管理員、售票員各二人，工友四人，炊事二人。軍官部侍應生十餘人，士官兵部侍應生三十餘人，屬於甲級茶室。它主要的營業對象是駐守金西地區的官兵，以及鄰近的防砲、砲兵、小艇、三考部的弟兄們和星期假日的一些不速之客。其營業額居各茶室之冠。

座落於金城總室內之小廟宇，是侍應生精神寄託的場所。

（金門縣紀錄片文化協會理事長：董振良先生 攝）

金城總室斑剝的圍牆內，充滿著一層層神秘的色彩，以及一個個不欲人知的動人故事。　　（董振良 攝）

金城總室侍應生房號的標示牌。(董振良 攝)

趣聯：金門廈門門對門 大砲小砲砲打砲——速戰速決

(小草藝術學院提供)

金城總室斑剝的圍牆。（董振良 攝）

綠蔭蔽天，紅磚灰瓦的金城總室舊景。(董振良 攝)

位於福建金門監獄左側的山外茶室，已撥由金門高級農工職校使用。(金門縣釆風文化發展協會總幹事：葉鈞培先生 攝)

「山外分室」位於新市里郊外，與金門監獄比鄰，設有「軍官部」(尉官以上)與「士官兵部」，編制上有：管理主任一人，管理員、售票員各二人，工友四人，炊事二人，侍應生人數與金城總室相差無幾，屬於甲級茶室。它主要的營業對象除了駐守金南地區的官兵外，尚有鄰近的金防部、海指部、港指部、運輸營、成功隊、兩棲偵察連等單位的官兵前來買票，其營業額僅次於金城總室。

成功茶室為配合官兵休假中心而設立。
（金門日報社總編輯：林怡種先生 攝）

「成功分室」位於成功村通往休假中心路口的右側，鄰近司令台，編制上有：管理主任、管理員兼售票員、工友、炊事各一人，侍應生不滿十人，屬於丙級茶室。其主要的營業對象為防區各單位選送到「官兵休假中心」休假的優秀官兵，當然也有鄰近的官兵前來消費。

成功茶室侍應生房舍，僅留下幾根水泥柱。(林怡種 攝)

成功茶室入口。（林怡種 攝）

成功茶室尚保留完好的男女廁所。(林怡種 攝)

昔日侍應生美麗的容顏，或許已隨歲月而蒼老。(董振良 攝)

趣聯：大丈夫提上長槍殺匪寇 小娘子敞開蓬門收戰果—服務三軍 速戰速決。

(小草藝術學院提供)

小逕茶室舊址。(黃振良 攝)

「小徑分室」位於小徑村郊的路旁，編制上有：管理主任、管理員兼售票員各一人，工友二人炊事一人，侍應生十餘人，屬於乙級茶室。它主要的營業對象除了駐守小徑的金中守備區外，尚有夏興的防砲團，以及太武公園的砲指部，經武營區的後指部、裝保連、 四級廠，空指部等單位官兵。相對地，小徑茶室的設立，也帶動小徑村落無限的商機，撞球場、冰果室如雨後春筍般相繼地開業。

為校級以上軍官設立之庵前茶室舊址。（黃振良 攝）

「庵前分室」位於庵前村郊「牧馬侯祠」右方，編制上有：管理主任、管理員兼售票員各一人，工友二人炊事一人，侍應生十餘人，屬於乙級茶室，亦是特約茶室中唯一接待校級以上軍官的「軍官部」。它主要的營業對象爲防區校級以上軍官，凡新進年輕貌美之侍應生，均優先分發至該室服務。

庵前茶室管理主任辦公室，爾時許多高官均在此處等候進房。（林怡種 攝）

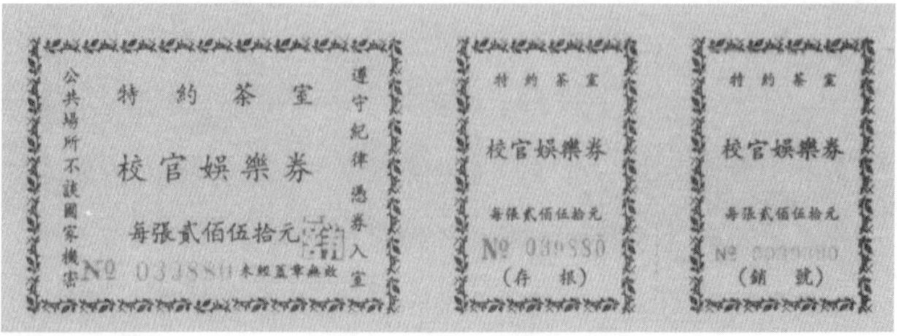


特約茶室校官娛樂券。

（小草藝術學院提供）

庵前茶室售票處。（林怡種 攝）

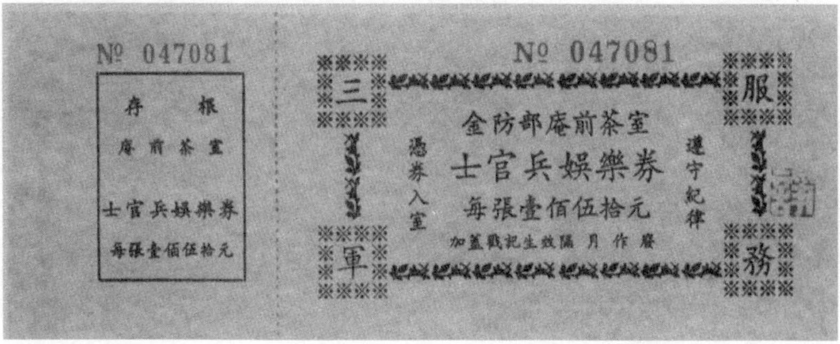


庵前茶室末期由民間承包經營之士官兵娛樂券。

（小草藝術學院提供）

位於東蕭村內之沙美茶室舊址。(黃振良 攝)

「沙美分室」位於東蕭村內的一幢洋樓，編制上有：管理主任、管理員兼售票員各一人，工友二人炊事一人，侍應生十餘人，屬於乙級茶室，其主要的營業對象爲金東守備區的官兵，以及鄰近的砲兵、防砲部隊。坦白說，把特約茶室設在民風純樸的村莊內，的確是極爲不妥的，一提起「東蕭」，馬上讓人聯想到「軍樂園」。然而，置身在那個以軍領政的戒嚴時期，善良的居民又能奈何，只有默默地承受那些異樣的眼光。直到七十年代末，始遷往陽宅村郊營業，還給東蕭居民一個純淨的空間。

沙美茶室早期向東蕭村民借用之樓房，以洋灰磚隔間供侍應生營業用。（林怡種 攝）

1978 年沙美茶室由東蕭遷至陽宅村郊營業，茶室廢除後，由民間經營旅館和 KTV，現已歇業。（林怡種 攝）

沙美茶室陽宅新舍由工兵弟兄自行設計興建，侍應生房間較其他茶室寬敞。（林怡種 攝）

侍應生私設之香案與供奉之神像。(董振良 攝)

位於小金門西宅村郊山坡下的東林茶室舊址。（黃振良 攝）

「東林分室」位於小金門西宅的村郊，編制上有：管理主任、管理員兼售票員各一人，工友二人炊事一人，侍應生十餘人，屬於乙級茶室。雖然該室沒有軍官部和士官兵部之分，但因距離師部較近，爲迎合少校以上軍官，一旦茶室新進侍應生，除庵前茶室外，其餘額之調配，往往以東林茶室爲優先。也因此，東林茶室的侍應生較后宅、青岐茶室侍應生年輕貌美。

小金門后宅茶室舊址，已改為駐軍保養廠。（葉鈞培 攝）

「后宅分室」位於小金門北半邊的西口村郊，編制上有：管理主任、管理員兼售票員、工友、炊事各一人，侍應生不滿十人，屬於丙級茶室。該處因山路崎嶇不平、交通不便，然卻駐守著近一個旅的兵力，爲了讓官兵免於繞遠路、消耗過多的體力，且能就近解決性事，其設立之眞正目的就在此。

小金門后宅茶室，昔日侍應生房間。（葉鈞培 攝）

趣聯：軍民同心一致殺匪寇 上滿膛的精準槍口不分前後左

右 全面强力開火—服務軍公教 速戰速決。

（小草藝術學院提供）

青歧茶室昔日向民間租用之古厝舊址，其招牌隱約可見。

（資深作家、文史工作者：林馬騰先生 攝）

「青歧分室」位於小金門的南端，它是一棟一落四櫸頭的民房，原屋主僑居南洋，由茶室編列預算，每月以三百元租金向代管人承租，並重新隔間使用。編制上有：管理主任、管理員兼售票員、工友、炊事各一人，侍應生不滿十人，屬於丙級茶室。若依駐軍的人數而言，小金門實無設立三處茶室之必要，但因地理環境特殊，承辦單位並不計較盈虧，純以服務第一線官兵爲優先考量。

大擔茶室位於大擔島官兵俱樂部左側，原侍應生營業用之碉堡，早已拆除。（林馬騰攝）

「大擔分室」位於大擔島上。編制上有：管理主任兼售票員、工友、炊事各一人，侍應生不滿五人，屬於丁級茶室。它主要的營業對象爲戍守在島上的官兵，時而必須兼顧鄰近的二擔島。雖然長官設想週到，深恐島上的官兵孤單寂寞，壓抑的性無處發洩，但島上的官兵似乎不太領情，個個都在養精蓄銳、準備反攻大陸，因此，該室的營業狀況並不理想，侍應生也視到大擔爲畏途。

三、員工待遇與任免

特約茶室員工分九等、每等分二級，每級相差五十元敘薪。一等一級最高，月薪為九百五十元，另加三百元主副食費，合計為一千二百五十元。九等二級最低，月薪三百元，加上主副食費三百元，合計為六百元。六等二級以上職員，始能申報眷補費，限一大口、二小口。大口每月一百元，小口每月八十元。在新的管理規則頒佈實行後，各單位管理幹部則另發「職務加給」，金城總室經理每月一千元，其他各分室管理主任各五百元（員工待遇與侍應生票價，並非千古不變，它依然會隨著軍公教人員調薪以及物價波動指數適時調整。）。

管理幹部（售票員、管理員、會計員、文書、事務主任、分室管理主任等）新任時均以六等二級起薪，並依年資、績效、編制等級，逐年檢討晉升，惟福利中心只有建議權，沒有任免權。若欲進用一般員工（工友、炊事等），亦必須先備妥相關資料（履歷表、保證書、切結書），呈報承辦業務的政五組，俟會政四組查無安全顧慮後，始准予以九等二級雇用。

在以軍領政的戒嚴地區，惟有軍方始能經營這種「特種行業」，它不僅沒有與民爭利的爭議，更是一個合法的福利單位，每年為金防部賺取數百萬元福利金。「武揚、明德、金城、經武四大營區副食費補助」、「明德圖書館補助」、「官兵慶生會補助」、「免費理髮、沐浴、洗衣補助」、「康樂團隊演出獎金」、「官兵輪調獎金」、「福利業務督導費」（具領單位為：福利中心、主計處，政三、五組）、「年節慰勞慰問金」以及長官臨時交辦事項的「其他補助」……等等，無一不是從福利盈餘項目下列支。因此，特約茶室的設立，除了解決官兵性需求外，每月上繳的盈餘，的確也為防衛部幕僚單位官兵，謀取到一份難得的福利。而侍應生所賺的錢，除了寄回台灣養家活口外，地區的商家也是她們消費的場所，對於活絡地方經濟亦有貢獻，如要論功行賞，侍應生功不可沒。

以上是金門特約茶室中期（六、七〇年代，也是眞正擁有十萬大軍的全盛時期）的設置分佈及經營管理概況。遺憾的是，以前的許多資料，因為時間太久，承辦人更換，以及砲戰、辦公室搬遷等原因，都不見了。在草擬本文期間，曾拜託台灣友人向國防部總政戰處和國家圖書館尋找有關特約茶室的資料，據友人告知：國防部政五處早已裁撤，現在那些官員都是「六年級生」，對軍中樂園和特約茶室的事情如同一張白紙。而當年的《中央日報》、《聯合報》最多是兩大張，而且報喜不報憂，報正不報邪，報上連「軍樂園」三個字都找不到。所幸，當年隨怒潮學校到金門的楊世英和謝輝煌兩位老友，他們在文章中透露了一些寶貴資料，現在摘錄如下：

楊先生在〈評述《八二三戰役文獻專輯》〉一文中說：「民國四十年在金門朱子祠左側，設立第一座『軍中樂園』，訂定管理規則，正式掛牌營業，派有憲兵駐內維持秩序。規定尋歡者定是在台無眷官兵。春風一度，限定三十分鐘。票價軍官十五元、士兵十元，票價還眞不便宜（當時月薪二兵七元，一兵九元，上兵十二元，下士十八元，中士二十四元，上士三十元，准尉四十八元，少尉五十六元，中尉六十四元，上尉七十八元）。最初營業時，防衛部有週延的規劃，通令各守備區輪流休假，各師並派車輛接送，起初有些阿兵哥，像是大姑娘上花轎似的，羞答答的不好意思。經長官開導、慫恿，才半推半就的上路，不久也就習以爲常啦！於是，軍中樂園在金門成了獨門生意，業績節節攀高，侍應生更是應接不暇。爲因應市場需求，乃於民國四十三年，陸續在東蕭、小徑、庵前增設分部，民國四十七年又增設山外高級部。『軍中樂園』不知在何時更名爲『特約茶室』？因其電話號碼爲『八三一』，因此，『八三一』也就成了軍中樂園、特約茶室的代號。八二三砲戰爆發『軍中樂園』即停止營業，至十月二十一日，中共宣佈『單打雙停』，『軍中樂園』則宣佈『雙打單停』的營業方式。」

謝先生在〈爲走過的留下痕跡〉一文中說：「金門的第一個『軍中樂園』是怎麼來的？包括胡璉將軍的遺著在內的許多文字資料中，不見隻字提及。許是『軍樂園』與『淫』字有關，不宜登大雅之堂而恥於記述吧？然而，金門的『軍樂園』卻又是在他（胡將軍）手上創設的，這不很奇怪嗎？然從另一個面向去探索，那就是與『美軍顧問團』有關。美軍重視官兵的『性需求』，可能曾就此問題請教過胡璉將軍，然後再向國防部或最高當局建議『解決之道』……。大概是由於試辦的成效『良好』（減少了軍民間的感情糾紛），同時，海空軍在各基地附近，早已有『俱樂部』，而台灣民間的『花茶室』如雨後春筍，可能是爲了讓官兵有個「正大光明」的休閒處所，且無洩密及營外違紀的顧慮，不僅金門的「軍樂園」有了『分店』，台灣各地也相繼成立。爲了和民間的『花茶室』

作一區隔，『特約茶室』的招牌就出現了。」

另外，也有老兵口述，當時由大陸撤退到金門的官兵，大多是年輕的小伙子，因爲都借住在民房裡，確曾發生過一些男女感情糾紛，甚至有強暴事件。胡將軍感到事態的嚴重，便派人到台灣聘請行家，開辦「軍中樂園」。

以上各家記述，有親見，有傳聞，有推論。雖然都不是出自相關主事者之口，但在未找到更有力的佐證下，也不失爲是可貴的參考資料。譬如：「胡將軍派人到台灣物色行家」一事，便與前文中提到的那位七十多歲的老經理徐文忠來金門服務的事實若合符節。不過在金門前線搞「軍妓」、經營「軍樂園」的事，若沒有得到最高當局允許，胡將軍亦不敢貿然行事。因此，謝先生的推論，可說是重要的參考註腳。而楊先生所言應都是事實，否則，他豈敢拿來「評述」別人。其中由「軍中樂園」改爲「特約茶室」一節，據謝先生告知，他在南麂撤退後（即民國四十四年春末），便隨電台駐基隆，當時基隆市便有特約茶室了，這又可用來印證楊先生的「四十三年，陸續在東蕭……增設分部」的一段。同時，也大致可以看出由「軍中樂園」改爲「特約茶室」的時間，所以參考價值很高。

談到特約茶室，那畢竟是個「財色」場所（侍應生爲財，官兵爲色），意外事件很難避免。如拙著《日落馬山》中所寫：從良的侍應生，在丈夫死後重操舊業，暗開私娼，逼親生女下海；侍應生和金門商人搞鬼，鬧出家庭糾紛；以及老士官疑侍應生騙財騙情，槍殺侍應生後自裁等特殊事件。在那些事件中，部分大嘴巴的現場目擊者，對案情始末並不清楚，僅憑所見到的一點表相，加上自己的想像，再加油添醋，就變成了聳人聽聞的「新聞」。某些媒體僅從那些「現場目擊者」的口中得到一點風聲，再加以誇大，便把眞相越寫越歪斜了，而成了指控金防部的「罪證」，這是我難以接受的，也是我寫《日落馬山》的主要原因之一。但因小說中受了情節、佈局的牽制，對一些僅憑表相去捕風捉影所形成的歪斜傳聞，無法暢所欲言。因此，始有本文寫作的動機。下面，就把那些歪傳斜說，做個逐一的說明，以釐清事實的眞相。

有人說：特約茶室侍應生，是台灣犯過法的女囚犯或被取締的流鶯、私娼，被遣送到外島從事這種性工作的，甚至有逼良爲娼的不法情事？

我曾經在小說《日落馬山》這本書裡，試圖透過王蘭芬這個角色，簡單地爲讀者詮釋這段歷史，現在再詳細的重說一遍。

特約茶室設立的法源已見於前，關於侍應生的來源，是這樣的：特約茶室在台北設有召募站，地點就在台北市廈門街，杜叔平先生經營的「江淮小旅社」裡（杜先生爲江蘇淮陰人，故以「江淮」命名之）。召募站並非福利單位正式編制單位，因此，並無固定經費，杜先生也不支薪，按實際召募人數，每名一千三百元計算（依物價指數適時調整，隨年度預算編列），由金城總室造冊核實撥付，做爲召募站之佣金。

「台北召募站」對一些在歡場中打滾、或在綠燈戶裡討生活的女子來說，並不陌生（當然，亦有部分女子因家庭變故、生活困頓，又沒有一技之長，不得不以女性最原始的本能謀生，經由她們引介而來的）。她們爲什麼願意冒砲火的危險，自願來金門服務，無疑都是貪圖金門有十萬大軍，年紀稍大、姿色稍差的，也容易在這裡討生活；加上環境單純、治安良好，不會受到地痞流氓的欺壓。倘若她們有來金服務的意願，除了要達到法定年齡外，也必須備妥「身分證」、「戶籍謄本」、「本人同意書」、「切結書」併同「金馬地區出入境申請書」由台北召募站送金城總室轉呈。政五組在收文後，承辦人會在「會辦單」上寫下：「侍應生○○○擬申請來金服務，敬請查核，並賜卓見」，先會承辦保防業務的政四組，透過該生戶籍所在地的警察機關代爲查核，一旦查出有任何前科或不良紀錄者，絕對不允許其入境。而查無安全顧慮之侍應生，政四組會在出入境申請書的調查欄裡蓋上「查無安全顧慮」六個醒目的大字以及主任的私章。當會辦單送回政五組後，承辦單位會以「簡便行文表」檢附「出入境申請書」、「照片」和「工本費」（單程爲二十元，雙程爲四十元），移請第一處轉警備總部，爲該生辦理入境手續。（民國六十一年改由第一處逕自核發「台金往返許可證」，不收工本費。當時該處的承辦人就是作家謝輝煌兄）一旦警總的入境證核發下來，台北召募站會派人到高雄替她們安排船位，負責送她們上船，而後再以電報通知金城總室到碼頭接人。

因此，從這些手續中，我們可以清楚地發現到：特約茶室所有的侍應生，都是循合法而正當的管道入境的，絕對沒有女犯人、流鶯或被取締的私娼，被遣送到金門從事這種行業；更沒有所謂逼良爲娼的情事，一切都是出於當事人的自願。倘使來金後有適應不良之情形（畢竟是少數）或有特殊之事故，依然可隨時申請返台，但所借之安家費必須還清；來金服務未滿三個月，台北召募站請領之召募費亦須繳回。

在平面媒體上，我曾經看到一則：「小姐分批上班，每梯次一、二十人，在高雄搭乘登陸艇到金門後，先前往總室報到和接受分發。」的報導，除了搭乘登陸艇到金門後，先前往總室報到接受分發是實情外，侍應生並沒有分批上班，也沒有一梯次來了一、二十人或走一、二十人之情事。召募站必須依特約茶室侍應生實際缺額召募，往往都是三、五位較多，甚至會出現一些來了又走、走了又來的老面孔，但絕無像部隊換防般地，分批或分梯次來去。

特約茶室除了短時間開放「社會部」供無眷公教員工娛樂外，其餘純以服務三軍將士爲對象，偏偏有人「據老一輩地方民眾指出：早年這些八三一是合法妓院，也是軍中阿兵哥、甚至坊間少數民眾寂寞時的尋歡去處」當尋芳客排隊進入後「鶯鶯燕燕在休息室前一字排開，任君挑選。」

撰寫此文的人，聽老一輩的地方民眾隨便說說，就隨便寫寫讓讀者隨便看看，如此地道聽塗說，的確是不求甚解之至。因爲，除軍人及「社會部」開放期間的無眷公教員工外，一般民眾無論有多麼地「寂寞」，也不能公然地到特約茶室去「尋歡」。（除非是尋不正當的管道，但畢竟是少之又少，一旦查到，軍方追究下來，難逃被送「明德班」管訓的命運，純樸的島民鮮少有人會以身試法的。）而且，侍應生除了依規定把照片貼在售票處外，並沒有一字排開在休息室前任君挑選的情事。大部分都在自己的房間候客。官兵憑票進場，在尚未輪到他上床時，可以先在庭院內走動，亦可在侍應生門口等候。俟侍應生呼叫自己的號碼，持票的客人會依先後秩序憑票進房，這就是軍中特約茶室特有的文化，與台灣一般妓院的「一字排開，任君挑選」是截然不同的。況且，一到星期假日，特約茶室熱鬧的情景，不亞於電影院排隊買票的人潮，又有多少侍應生可一字排開任君挑選的？或許是錯把台灣民間妓女戶當成軍方的特約茶室吧！

有一位女作家寫著：當歸國學人蒞金參訪時，接待單位安排他們參觀軍中樂園，「那個地方和普通宿舍沒有什麼兩樣，有許多小房間，房間裡一張桌、一張椅、一張床，摺疊得像軍營裡一樣整齊的被，床前站著一個穿著很整齊的年輕女子，每間房都一樣，沒有個性，沒有色調，連床前站的女人們似乎都統一化了。」

特約茶室發給每位侍應生一床棉被、一對枕頭、一床墊被、一條被單，但並未受到侍應生的青睞，多數人寧願自己花錢買新品，也不願使用這些被面有斑點，裡面發霉的陳年老古董。因此，侍應生床上的被枕，大部分都是自行購買的，其色澤和式樣幾乎是五花八門。床是她們的「戰場」，在殺進殺出之時，她們哪有時間，把棉被摺疊得像軍營裡一樣整齊？她們的穿著，只要不過分暴露，也是輕鬆隨便，並沒有規定她們要穿什麼款式的服裝或制服，穿著睡衣睡袍到處走動的大有人在。雖然認同這位作家對侍應生房間「沒有個性，沒有色調」的描述，但侍應生是人，與一般妓院的妓女並無兩樣，和客人打情罵俏、有說有笑，充分發揮她們在歡場中所扮演的角色，絕對沒有像她描寫的那麼呆板和生硬。

況且，在六○年代，歸國學人的形像不僅清新也倍受國人尊敬；往往陪同來金門參訪的，都是國防部總政戰部中將副主任以上的高官。除了聽取簡報，參觀擎天廳、莒光樓、馬山觀測所……等主要景點以及少數軍事重地外，誰膽敢安排他們參觀軍中樂園？而歸國學人蒞金參訪是國防部總政戰部政五處所承辦，接待單位當然是政五組，承辦是項業務的是民運官，行程會事先協調再做安排，並由組長、主任全程陪同，中午接受司令官在擎天峰的歡宴。據我所知，特約茶室除了接受國防部、陸總部定期視察督導外，從未接受外賓參觀。雖然它只是一篇小說，我們也不能斷章取義，但凡牽涉到史實部分，必須回歸到事實，不能讓它以訛傳訛，誤導視聽。

曾經有人在媒體上公然地說：「每逢莒光日，侍應生會到軍營，義務替阿兵哥洗被單。」

侍應生的衣物被褥，大部分都是包給鄰近的阿婆阿嫂來洗滌。一早，那些阿婆阿嫂們會主動來收取；到了傍晚，再把洗滌過後、曬乾的衣物疊好送回。連自己的衣物都要花錢請人洗，哪還有餘興幫阿兵哥洗被單？而且，她們的假期是週一，必須做完抹片檢查後始能放假外出。而軍中的莒光日是週二（後來改為星期四），時間上就不對攏，同時，莒光日下午，依然有不少官兵外出洽公，假公濟私順便逛逛茶室買張票的官兵也大有人在，侍應生豈會放著生意不做，義務去幫阿兵哥洗被單？即使爾後侍應生的假日調整爲週四，而每週才有一天難得的假期，自己想辦的事都辦不完，想休息休息或看場電影調劑一下身心都惟恐沒有時間，怎麼還有剩餘的時間和精力去為十萬大軍效勞？更重要的是，金門大部分軍營幾乎都是「管制地區、禁止擅入」的軍事要地，侍應生能隨便進去嗎？說謊也要說得合情合理，豈能憑空幻想、任意杜撰？

甚至有此傳聞：「侍應生和阿兵哥一樣，要看『莒光教學』，接受『政治教育』，鞏固『中心思想』。」

福利單位所有員工生，均屬金防部編制外雇員，承辦文宣與政治教育業務的政二組，從未要求福利單位員工要看「莒光教學」、接受「政治教育」、鞏固「中心思想」，遑論是侍應生。唯一的是由政四組主辦的「聘雇人員保防講習」，一般單位員工集中在官兵休假中心康樂廳，特約茶室員工生則集中在金城總室授課。因此，可想而知，又是一椿張冠李戴的訛傳；要不，就是惡意中傷，以達到醜化金防部的目的。

特約茶室破舊的屋宇。

（董振良 攝）

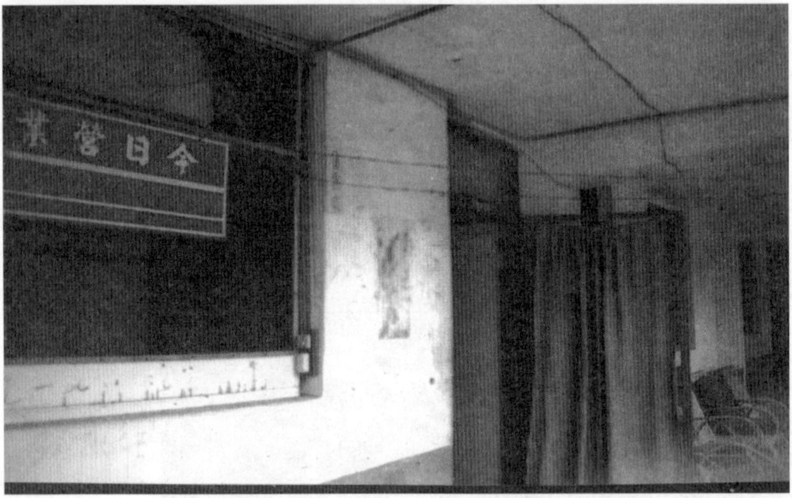


特約茶室「今日營業」與「請先買票」的情景已不再。(董振良 攝)

侍應生私自張貼「請打赤腳再入內」的標語。(董振良 攝)

「恭賀新禧，請先脫鞋再進室。」已成為一段令人印象深刻的歷史。（董振良 攝）

特約茶室關閉後，僅剩一間間破落的房舍與一堆堆垃圾。

（董振良 攝）

福利單位聘僱員工保防講習之場所——休假中心康樂廳，軍方並無要求侍應生參加「莒光教學」以鞏固「中心思想」。

（林怡種 攝）

有駐軍的地點就是管制區，並無侍應生到軍營替阿兵哥洗被單的情事。

（黃振良 攝）

趣聯：大丈夫效命沙場磨長槍 小女子獻身家國敞蓬門—服務三軍 速戰速決

（小草藝術學院提供）

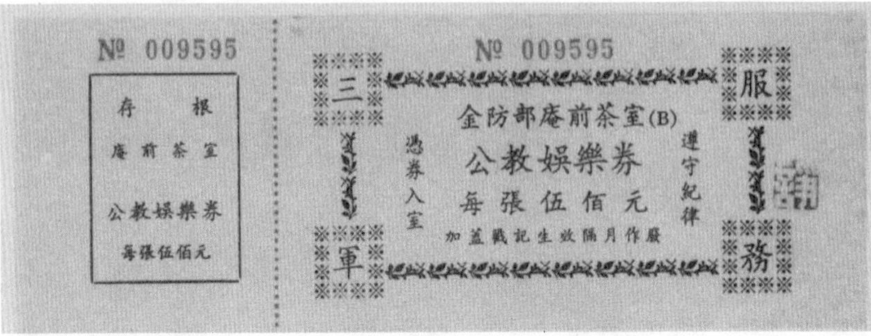


庵前茶室末期由民間承包經營之公教娛樂券。

（小草藝術學院提供）

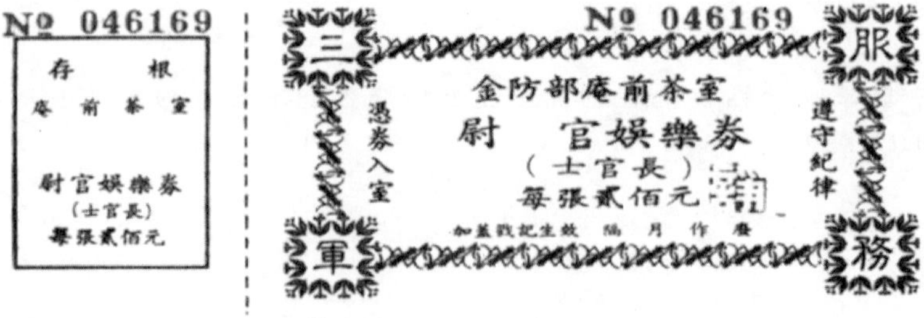


庵前茶室末期由民間承包經營之尉官及士官長娛樂券。

（小草藝術學院提供）

今夏，我接受某電子媒體的訪問，儘管不厭其煩地據實相告：以前特約茶室侍應生小小的房間裡，僅擺著一張雙人床、一個衣櫃、一個梳妝檯，一張椅子，地上放著一只水桶、一個臉盆，以及一些私人物品。部分房間的牆壁上會貼一、二張從電影畫刊剪下的明星海報，與台灣民間一般妓院相若處不少，但並沒有被製作單位所採納。他們相信一位民意代表的話，以套房的格局，做爲爾時侍應生的房間來拍攝，結果播出來的畫面，儼若置身在大飯店裡，與爾時侍應生房間相差十萬八千里，當這個節目播出遭受觀眾質疑時，已成爲一段難以彌補的憾事。誠然，這位先生不僅是民意代表，也是擁有高學歷的社會人士，但並非「萬事通」、「樣樣博」，說不定連軍中樂園的大門都沒有進去過，又怎能瞭解到特約茶室獨特的文化背景，眞應了浯鄉一句俗語話——「袂博假博！」

近幾年來，陸續拜讀幾篇關於特約茶室的作品，以及電子或平面媒體的報導。從這些作品和報導中，我深深地發現到，當他們訪問曾經在某一個茶室擔任過管理員或工友時，所涉及到的只是某茶室的一個點，並沒有涵蓋整個特約茶室的層面。譬如：一個長久在庵前茶室擔任工友者，他如何能瞭解到金城總室的營業狀況及工作情形？又如一位在僅有六位侍應生的小茶室，擔任短短幾年管理員的退伍老兵，對整個特約茶室的文化能知多少？但為了要凸顯他是「行家」以及對特約茶室的「深入」和「瞭解」，便加油添醋、胡謅一番，讓訪問者誤信為真。而部分文史或媒體工作者，若依他們的年齡層次以及家庭、社會背景而言，又有幾位到過特約茶室的？因此，受訪者怎麼說，他們就怎麼寫，並沒有善盡求證的責任。這種作為，表面上看是在保存史實，實際上卻是在摧殘史實而不自知，不僅可悲，也讓人感到遺憾。

最後，來重彈一下「八三一」這個問題。

有人說，「八三一」是「軍中樂園」的電話號碼，後來就變成了「特約茶室」的代名詞。在我進入政五組辦公後的幾年（大約是民國六十一年左右），也曾經聽到有人這樣說過。所以在〈山谷歲月〉一文中，便曾氣憤地向那個問特約茶室電話的「副將軍」（駕駛）說：「所有茶室都是八三一！」其實，當時各特約茶室的電話號碼都是「○一八」譬如：金城總室是「西康五號○一八」（政委會總機），山外茶室是「西康六號○一八」（港指部總機），小徑茶室是「康定○一八」（金中守備區總機），成功茶室是「西康三號〇一八」（官兵休假中心總機），沙美茶室是「吉林〇一八」（金東守備區總機），庵前茶室是「西康七號〇一八」（三考部總機），東林茶室是「新疆〇一八」（烈嶼守備區總機）……等。

不過，我相信「事出必有因」這句古話。據通信兵科班出身的作家謝輝煌兄相告：我國軍民通用的電報明碼本第八十三頁上，「屄」字的明碼是「八三一一」。抗戰時報務員就以「八三」泛稱女性，如：「我今天上街看到一個『八三』，漂亮得像仙女一樣。」、「你跟那個『八三』的感情進展到什麼地步？」沒有絲毫惡意在內，而是他們的「行話」。漸漸地由內行人傳到外行人，很多非通信人員也瞎跟著用了。

又，軍中的電話號碼，是通信幕僚編的，習慣上採「三碼制」，第一碼代表「單位」，二、三碼是序號。單位按編制依次而排，並分別賦予「〇」—「九」或「一」—「九」，序碼則從「〇一」開始，一直排下去。例如：師長是「一〇一」，第一科是「二一〇」到「二一九」，第二科是「三二〇」到「三二九」……，餘類推。編定後要製成「電話號碼表」分發各單位。金門第一個「軍中樂園」成立時，便是個特殊單位，依性質當然要排到後面，也許是通信幕僚或一時靈感來了，便把「軍中樂園」和「八三一一」聯想在一起，而剛好那個中繼總機（即金防部的分支總機）用戶的單位不多，「八」字沒有用到，又因只需三碼，便取了「八三一」這個號碼。待茶室增多，各屬不同的小總機，大家就統一用「八三一」了，久之，也就成了「特約茶室」的「暗號」（代稱），因此，大家就不說「去軍樂園」，而說「去八三一」。惟電話號碼的編定原則，常因保密需要而變更。

上述謝先生的客觀分析，當然有它的參考價值，可惜當年的通信幕僚和作業單位，沒有一個站出來現身說法。五〇年代在茶室任職的老員工，勢必也知道其中的電話號碼，卻不見有人出來回應。或許有的是不知道我們正爲此事吵吵嚷嚷，有的知道我們在吵，卻又不知道如何投書表達，而凋零的恐怕也不在少數，所以在沒有更好的佐證前，我們又能奈何？

然而，就史論史，「軍中樂園」和「特約茶室」是正式名稱，「軍樂園」是前者的簡稱，「八三一」只是它的諢名或綽號，不宜當作正式名稱使用，這是不容否認的事實。

倘若繼續誤把它的諢名和綽號當成正名，勢必會失去這段歷史的價值和意義，站在一個文史工作者的立場，我們必須加以體會和深思。

總之，當特約茶室走入歷史的此時，回顧它的過往，更應該以嚴肅而公正的態度去面對。畢竟，在這個曾經駐守過十萬大軍的戰地金門、反攻大陸的最前哨，它曾經負載過一個非常的歷史任務，有其獨特而不可抹滅的歷史意義和存在價值。雖然它曾經帶給純樸的金門一些不小的衝擊，但如前所言，它也發揮了防止軍民間男女感情糾紛的功能，締造一個軍愛民民敬軍的祥和社會。而在促進地方經濟繁榮及創造就業機會方面，亦有一臂之力，這是我們不能沒有的認識。歷史就是歷史，重視史實，才是一個知識分子應有的禮貌；身爲金門人，更應當爲這片土地盡職，爲永恆的歷史做見證！

二〇〇五年元月作品

# 「軍樂園」的創議人

謝輝煌

拙文〈爲走過的留下痕跡〉脫稿後，心上的疙瘩仍未冰釋。月初，在一次詩友聚會後，特向一位自國防部情報局退休的詩友許將軍，請教「軍中樂園」的幕後推手，及台灣女囚犯被遣送金門「軍中樂園」等兩個問題。巧得很，這兩個問題，他都曾聽過一位早在金門主管過這個業務的同學聊過：（以下爲概要）

一、關於第一個問題，起因於當時陸軍官兵未滿二十八歲不得結婚的規定，而那時的官兵都很年輕，無論前方後方，都發生過軍民間男女的感情糾紛，因而有人向蔣經國建議，仿照日本的軍妓，設置營妓，以便紓解官兵的情緒。於是，便准予在金門、台北兩地成立「軍中樂園」，台北的設在台北大橋附近的延平北路，靠近風化區。

二、關於第二個問題，那是因爲台灣在「掃黃」期間，抓到了不少私娼關在拘留所。於是，有人慫恿她們：「與其在拘留所坐牢，不如去前線勞軍。」因此，便有些「女囚犯」以志願登記方式，經體檢及安檢及格，照章簽約，發給安家費，代辦好一切赴外島的手續，便前往高雄候船。

過了兩天，許將軍來電告知，他特爲此事去拜候了一位老長官（遵囑隱名），據老將軍告知，推動創設軍樂園的大功臣，是澎湖五十二軍政治部楊銳主任。因爲他們軍裡發生了強姦民女的特殊事件，在檢討和討論時，他就建議仿照清朝的「營妓」，日本的「慰安婦」，來解決官兵的生理需要，經反映到總政治部後，竟獲准試辦，便在澎湖設立了「軍中樂園」。至於侍應生，則向台灣各地的風化區去召募。有些姑娘一聽票價不高，興趣缺缺。經曉以「票價雖不高，但是客人多，醫衛條件好，沒有流氓地痞搗蛋。合約期滿，如不願續約，即可回台，此外，有固定休假，並發給安家費」等種種好處，這才打動了一些姑娘的芳心。

這個口述歷史的忠實度及價值都相當高，因爲，老將軍的位階很高，而且也沒有必要對老部下的許將軍信口開河。

綜上以觀，可得到一個更爲清晰的輪廓，即創議設立「軍中樂園」的，是五十二軍政治部楊銳主任；批准試辦的，是總政治部蔣經國主任。侍應生係向各地風化區召募而來，而非強迫，更無將女囚犯遣送去外島「勞軍」的不法和不人道的情事。不明內情者，不要再亂蓋。

另一方面，在上述這些資訊的基礎上，當然還有些可資正面想像的空間：

一、由五十二軍楊主任的提議，到總政治部的批准（實際是參謀總長）這個作業流程中，各級幕僚、主管、指揮官，必經過許多的諮商、研考、協調、討論，才能定案。可以想見，其中必有總司令孫立人將軍，及美軍顧問的敲邊鼓相助，甚至，蔣經國身邊那位廣東籍的美軍顧問楊帝澤中校，也可能助了一臂之力。因爲，他們都習慣重視官兵的

「性需求」。有了這些「鼙鼙邊鼓」的相助，蔣經國才敢面報總統。而若不獲首肯，他也不敢獨斷專行。畢竟，這是個突破國民革命軍傳統的道德問題。

二、五十二軍的建議，不可能單就澎湖地區著眼。尤其，單位層級越高，著眼的範圍越大。設立的時間或稍有先後，試辦的地區則不止澎湖，因爲，金門在民國四十年冬天就有，台北的也可能在那時設立。五十二軍是三十九年夏天到澎湖，經過特殊事件的處理，到建議案的成熟、呈報、批准，沒有年把時間不行。所以，澎湖的軍中樂園，大約也在那個時候試辦。

三、由拘留所裡「女囚」(流鶯)，變成外島各特約茶室的侍應生，決非軍警方面的強制。因爲，當年的娼妓，十九來之貧困，其中更有養女。她們都受特種營業集團的控制。娼妓被抓，老鴇們急得跳腳，當然要設法營救那些「搖錢樹」。而慫恿她們去外島「勞軍」，是最冠冕堂皇的「對策」，警察都不好擋駕。同時找關係說項，並連絡各軍方的召募站，問題就迎刃而解了，流鶯得救，必感恩於心，豈有不孝敬之理？日後回台，仍將誓死效忠，老鴇們可永收漁利。而軍方，何罪之有？

四、在金門方面，也發生過類似澎湖的「特殊事件」，胡司令官可能沒空思考到這個問題，原因是金門係接敵地區，且幾乎是不毛之域，軍需民用，所費浩繁，所以，他在備戰與經建方面的著墨最多。其次，則戮力於精神層次的建構與提升。至於官兵的「性需求」，他就是想到了也不敢提，尤其金門是個民風純厚的地方，護之惟恐不及，豈敢引進娼妓來顛覆金門優良的傳統？及至國防部有了政策性的指示，就不得不下海做「將軍老鴇」了。這也許是他從不提這項「德政」的原因吧？另一方面，依他的個性，凡辦新鮮事，必先找專家，粵華合作社的石讓齋，莒光樓的沈學海，其他如製酒、燒窯、種樹、搞水利、乃至捕鼠，莫不如此。但是，開娼館的專家在那裡呢？陳長慶兄《日落馬山》中，那位曾在上海經營過色情行業的徐文忠，應是胡司令官親自或派人透過警政或保安方面的故舊覓得的。徐先生於民國五十六年左右解聘時，年近古稀，他離金門時，島上共有大小十個特約茶室，不可謂不「神」。依此推斷，他是金門特約茶室的「開山祖師爺」，應無疑義。

關於金門特約茶室的問題，前前後後已談了很多，目的只在「存實」。江山依舊，人事已非，沒有必要去說假話，且讓一些訛傳或惡傳止於智者吧！

後記：本文謬承老將軍及小將軍許兄錯愛，提供珍貴口述歷史，特此一併敬禮致謝。文中所提楊帝澤中校顧問，參自劉毅夫《風雨十年．大陳忍痛撤守》。

原載二〇〇五年二月廿四日《浯江副刊》

# 後記

收在這本書的十一篇作品，我把它分成二輯。

第一輯的九篇散文，可說是我從事小說創作之餘的「副產品」。儘管它距離完美尚遠，更稱不上是主流文學，但同樣是腦汁與血汗凝聚而成的結晶，我沒有不喜歡、不珍惜它的理由。況且，我的文筆原本就平庸，一個沒有受過完整教育而在這塊園地踽踽獨行的老年人，又有什麼本事以一堆詰屈聱牙的意象來經營散文？一切就源於自然、順應自然吧！即使這些作品的主題都侷限在這方小小的島嶼，沒有磅礡雄偉的氣勢，亦無扣人心弦的動人故事，但能爲走過的留下痕跡，復把它書寫成章，留下一個永恆的回憶在人間，畢竟是可貴的，這或許是我出版這本書的原委。

讀者們都知道，文學本是人生的反映、生活的寫照，在滿佈荊棘的人生旅途裡，各有不同的際遇和生活方式。有人一生享不盡的富貴榮華，有人一輩子困苦顚連。這世界構造得太不完美了，身爲萬物之靈的人類，又能奈何？當無情的砲火遠離這塊島嶼，島民正過著前所未有的清平歡樂時光時，我並沒有遺忘先人篳路藍縷，開闢這片土地的苦心。因此，在學習創作的三十餘年裡，書寫的範圍幾乎圍繞著自己的家鄉，大部分作品亦與這片土地息息相關。雖然，燦爛的時光已走遠，生命中的黃昏暮色已來臨，但我並不在乎被定位爲邊陲文學或鄉土作家，甚至，以生長在這個小小的島嶼爲榮，以歌頌這片貧瘠的土地爲傲。

二〇〇二年春天，當我寫完小說《冬嬌姨》後，我試著以週遭的詩人爲傾訴對象來書寫散文。因爲在我心中，詩人有綿密的思維、清明的心智、豐富的感情和敏銳的觀察力。於是在欽羨之餘，就敦請他們來聆聽我夢中的囈語以及對這片土地的回顧。然而，對於一些多情浪漫、行爲有差池的詩人，卻也難逃我的數說。因爲我只問是非、不講情面。朋友們看過後總會相互猜測，或詢問我筆下的詩人到底是誰？今天，我必須坦誠相告：我描述的是那些行爲有差池，既不思過、死不認錯，且又喜歡對號入座的「正人君子」。

第二輯偏重於文史的論述。除了試論黃振良的《金門戰地史跡》外，另一篇針對的是一個較嚴肅的問題——「金門特約茶室」。

黃振良的作品，文辭優美、思路綿密，筆調嚴謹、段落分明，已是眾所皆知的事。三十餘年前發表在《新文藝月刊》的散文——〈溪流的懷念〉，就已受到文壇的矚目和肯定，並奠定他在文學創作路上的根基。我們也共同創辦了金門地區第一份獲得行政院新聞局核發登記證的民間刊物——《金門文藝》。其中的酸甜苦辣的確一言難盡；雖然受到不少挫折，但始終無怨無悔。

一九七九年，我們把《金門文藝》交由旅台大專青年接辦，之後雙雙成爲文壇上的逃兵。他從島外島回來，依然從事教職；我離開太武山谷，在新市街頭販賣書報。平日雖然互動頻繁，但離文學卻愈來愈遠，久而久之便形同陌路；數年來，彼此心中已與文學沒有任何的交集，也未曾寫過隻字片語，更品不出詩、散文和小說的芳香。

經過二十餘年的沈潛和養精蓄銳，以及基於對這片土地的熱愛，我們又相繼地復出。我仍然以文學爲主，而他則懷著強烈的使命感，把大部分時間和精力，投入在浯鄉文史的蒐集和撰述上；幾年下來，其成績斐然可觀、有目共睹。從早期的《金門古式農具探尋》、《金門民生器物》、《金門古井風情》到近期的《江山何其美秀》、《浯州鹽場七百年》、《金門戰地史跡》……等，不僅本本圖文並茂，也同時展現出多方面的才華。在從事文史與攝影工作之餘，復以散文集《掬一把黃河土》向我們宣示：他並沒有放棄文學創作。黃振良可說是浯鄉擁有「作家」、「攝影家」、「文史工作者」與「閩南語教材編著者」等多重身分的第一人。而我們似乎也發現到，他在「文史」、「攝影」與「金門方音語詞彙編」、「閩南語教材編撰」上的成就，顯然地已蓋過「文學」的光環，這是不容否認的事實。站在他多年朋友的立場，只有祝福，不敢有更多的苛求。

當特約茶室走入歷史的此時，我們親眼目睹坊間一些不實的傳言，以及面對事實被扭曲時的無奈。起初看到媒體上那些荒謬的報導或坊間一些流言蜚語並不以爲意，甚至嗤之以鼻、一笑置之。然而，當我一而再、再而三地看到媒體荒唐錯誤的報導時，一股無名的怒火驟然間從心中燃起，在憤怒難忍的同時，也讓我更清楚一個在浯島生長的庶民應有的職責。倘若我明知報導有誤而不去導正，明知遭受曲解而不去扭轉，與那些不求甚解、道聽途說，用美麗的謊言來誤導讀者的媒體工作者又有何差異？因此，基於這份使命感，在寫完長篇小說《日落馬山》後，我拋棄所有的俗事，以嚴肅的態度，沉重的心情，義無反顧地寫下——〈走過烽火歲月的金門特約茶室〉，除了駁斥那些不實的傳言外，也同時爲這段曾經負載過非常任務的歷史做見證。

不可否認地，這段歷史和我有著一份難以割捨的革命情感。在防區眞正擁有十萬大軍的六、七〇年代，我曾經在金防部政五組承辦是項業務多年。除了當初的創議人和創立的年代無從查起外，大凡涉及特約茶室的業務，幾乎樣樣辦過，對於內部情形亦瞭若指掌。在撰寫此文時，雖不能做最完美的詮釋，但尚不致於誤導讀者，更無愧於自己的良心。尤其是特約茶室初創時期的那一部分，因時間過久無案可稽，自己也不能妄加臆測、任意杜撰來矇騙讀者。幸蒙作家謝輝煌兄多方探詢，並從一位德高望重的老將軍處獲得一段寶貴的口述歷史，之後撰寫〈軍樂園的創議人〉乙文加以補充，讓這段歷史更趨於完整。

珍貴的照片是史料中不可缺少的一環，當特約茶室走入歷史的此時，想重新捕捉它的影像已是不可能。幸好，我週遭的朋友許多都是金門地區資深優秀的作家或文史工作者，他們毫不吝嗇地提供我數十幀有關特約茶室的照片，雖然多數已與爾時的面貌不盡相同，但至少可以讓讀者從照片中，明確地看到各特約茶室座落的地點，以及廢除後殘留下來的一些蛛絲馬跡。這些可貴的歷史鏡頭，將與浯鄉美麗的景緻、豐富的人文色彩相輝映，爲這片土地和祂的子民留下一個永恆的回憶。

感謝爲本書提供照片的「金門縣采風文化發展協會」理事長黃振良先生、總幹事葉鈞培先生。「金門日報社」總編輯林怡種先生。「金門縣紀錄片文化協會」理事長董振良先生。資深文史工作者林馬騰先生。設計封面的「國立台灣藝術大學」副教授張國治先生。爲封面題字的「金門縣書法學會」總幹事洪明燦先生。提供特約茶室娛樂票的「台北小草藝術學院」秦政德先生。

衷心地感謝您，親愛的讀者們！

二〇〇五年四月於金門新市里

# 創作年表

一九四六年　八月生於金門碧山。

一九六一年　六月讀完金門中學初中一年級因家貧輟學。

一九六三年　一月任金防部福利單位雇員，暇時在「明德圖書館」苦學自修。

一九六六年　三月首篇散文作品〈另外一個頭〉載於正氣副刊。

一九六八年　二月參加救國團舉辦「金門冬令文藝研習營」。

一九七二年　五月由金防部福利單位會計晉升經理，並在政五組兼辦防區福利業務。六月由臺北林白出版社出版文集《寄給異鄉的女孩》，八月再版。

一九七三年　二月長篇小說《螢》載於正氣副刊。五月由台北林白出版社出版發行。七月與友人創辦《金門文藝》季刊，擔任發行人兼社長，撰寫發刊詞，主編創刊號。九月行政院新聞局以局版臺誌字第００四九號核發金門地區第一張雜誌登記證，時局長爲錢復先生。

一九七四年　六月自金防部福利單位離職，輟筆，經營「長春書店」。

一九七九年　一月《金門文藝》革新一期由旅臺大專青年黃克全等接辦，仍擔任發行人。

一九九五年　創作空白期（一九七四至一九九五），長達二十餘年。

一九九六年　七月復出。新詩〈走過天安門廣場〉載於浯江副刊。八月散文〈江水悠悠江水長〉載於青年日報副刊。九月中篇小說〈再見海南島　海南島再見〉載於浯江副刊。

一九九七年　一月由臺北大展出版社出版發行三書：《寄給異鄉的女孩》增訂三版。《螢》再版。《再見海南島　海南島再見》初版。三月長篇小說《失去的春天》載於浯江副刊，七月由臺北大展出版社出版發行。

一九九八年　一月長篇小說《秋蓮》上卷〈再會吧，安平〉，五月下卷〈迢遙浯鄉路〉均載於浯江副刊。八月由臺北大展出版社出版發行三書：《秋蓮》長篇小說，《同賞窗外風和雨》散文集，《陳長慶作品評論集》艾翎編。

一九九九年　十月散文集《何日再見西湖水》由臺北大展出版社出版發行。

二〇〇〇年

五月『金門縣寫作協會』「讀書會」假縣立文化中心舉辦《失去的春天》研讀討論會，作者以〈燦爛五月天〉親自導讀。十月長篇小說《午夜吹笛人》載於浯江副刊，十二月由臺北大展出版社出版發行。

二〇〇一年

四月〈今年的春天哪會這呢寒〉——咱的故鄉咱的詩，載於浯江副刊。

十二月長篇小說《春花》載於浯江副刊。

二〇〇二年

三月長篇小說《春花》由臺北大展出版社出版發行。五月長篇小說《冬嬌姨》載於浯江副刊，八月由臺北大展出版社出版發行。十二月由國立高雄應用科技大學金門分部觀光系主辦，行政院文建會及金門縣政府協辦之【碧山的呼喚】系列活動，作者親自朗誦閩南語詩作：〈阮的家鄉是碧山〉爲活動揭開序幕。散文集《木棉花落花又開》由臺北大展出版社出版發行。

二〇〇三年

五月長篇小說《夏明珠》載於浯江副刊，十月由臺北大展出版社出版發行。同月長篇小說《烽火兒女情》脫稿，二十六日起載於浯江副刊。十一月長篇小說《失去的春天》由金門縣政府列入《金門文學叢刊》第一輯，並由臺北聯經出版公司出版發行。十二月《咱的故鄉 咱的詩》七帖，由金門縣文化中心編入《金門新詩選集》出版發行。其詩誠如國立台灣藝術大學副教授詩人張國治所言：「他植根於對時局的感受，對家鄉政治環境的變遷，世風流俗的易變，人心不古，戰火悲傷命運的淡化等子題觀注，…選擇這種分行，類對句…、俗諺，類老者口述，叮嚀，類台語老歌，類台語詩的文類…鋪陳一股濃濃的鄉土情懷。」

二〇〇四年

三月長篇小說《烽火兒女情》由臺北大展出版社出版發行。八月長篇小說《日落馬山》脫稿，九月五日起載於浯江副刊。

二〇〇五年

元月〈歷史不容扭曲，史實不容誤導〉——走過烽火歲月的「金門特約茶室」脫稿，廿三日起載於浯江副刊。二月長篇小說《日落馬山》由台北大展出版社出版發行。三月散文集《時光已走遠》由金門縣文化局贊助出版。六月由台北大展出版社發行。

# 心得

# 心得

# 心得

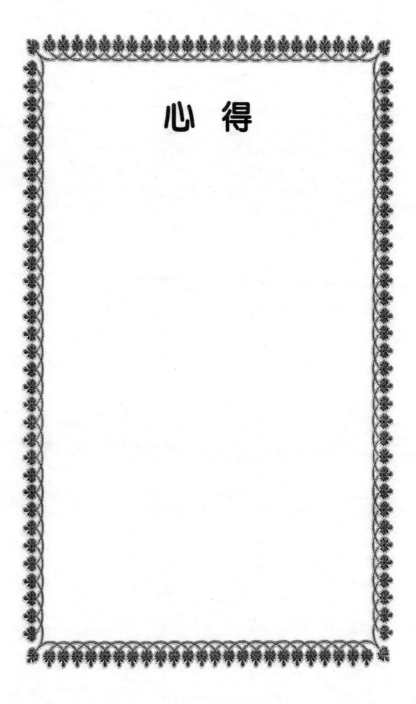

# 心得

# 心得